JN318337

二見文庫

人妻たち

雨宮 慶／藍川 京／安達 瑶／氷室 洸／睦月影郎／館 淳一

目次

人妻と少年——雨宮 慶　5
蜜計——藍川 京　47
倒錯愛　母乳の味——安達 瑶　79
人妻音楽教師——氷室 洸　111
巨乳の初体験指導——睦月影郎　141
未亡人売ります買います——館 淳一　177

人妻と少年

——雨宮慶

雨宮 慶
（あまみや・けい）

1947年、広島県生まれ。日常のほんのささいな「踏み外し」から、別の世界に彷徨い込んでいく男と女を徹底的に描いた作品はデビュー当時から多くの読者に支持され、以後も斯界の実力派として君臨し続けている。『単身赴任』『部下の妻』（以上、二見文庫）、『熟美人課長・不倫契約書』（フランス書院文庫）他著書多数。

＊初掲載時のタイトル「黒い下着の少年騎乗」を改題

1

土曜日の午後四時台という時間帯なのに車内は思いのほか混んでいた。郊外から都心に出てきた家族連れなどの帰りや中高生の下校が重なったせいだった。そのため混み合っているうえに騒々しかった。

特に騒々しいのは、ドア付近にいる数人のグループの中学生や高校生たちだった。倫子《みちこ》は車両の奥に進み、座席が切れた場所に立った。ドア付近にいる中高生たちを避けるためもあったが、コーナーのようになっているそこなら、両手にデパートの紙袋をさげていても電車の揺れで軀のバランスを失うことはないからだった。

ほどなく電車は始発駅のS駅を出た。その直前に乗り込んできた乗客で、車内はほとんど満員の状態だった。

この私鉄の急行電車は、倫子が下車するM駅まで途中二つの駅に停車するだけで、その間の乗車時間はおよそ三十分――。

思いがけない混み具合と騒々しさにいささかうんざりしながら、倫子は夫のことを考えていた。

夫は、今朝早くゴルフにいった。接待ゴルフだといっていた。銀行の支店長という立場上、接待したりされたりすることが多いのもわかるけれど、このところ休みといえばゴルフがお決まりになっている。

そんな夫を見ていると、休みの日に夫婦二人きりでいるのを避けているようにしか思えない。

そう思ってしまうのも、結婚してまだ五年にしかならないというのに、いつのまにか夫婦の間に隙間風が吹きはじめていたせいだった。といっても隙間風の原因がなにか、それがはっきりしない。気がついたときには必要なこと以外ほとんど会話のない夫婦になっていた。

二人の間にはまだ子供がいない。つくらないようにしているのではなく恵まれないだけで、こんなとき子供でもいれば……と思っても、いまやその可能性さえ薄い。というのも会話同様セックスの回数もすっかり減って、ここ半年あまりはセックスレスの状態に陥っているからだった。

こんなことなら、ほかに仕事を見つけて勤めに出ていたほうがよかった……。

夫と同じ銀行に勤めていて結婚を機に専業主婦に収まった倫子は、最近つくづくそう思うようになった。

独身時代の倫子は、ミス〇〇銀行ともてはやされ、よく女優の大塚寧々《おおつかねね》に似ているといわれて、男子行員たちの熱い視線を浴びていた。

さきに熱をあげたのは、夫のほうだった。六歳年上で仕事ができて将来を有望視されていた夫に、倫子のほうは当初、好感は持っていたものの、それ以上の感情はなかった。が、夫の情熱の前に好感が恋愛感情に変わるまでにさほど時間はかからなかった。

相思相愛で結婚したというのにわずか五年でこんなことになってしまうなんて……そう思うと、情熱的だった夫のことが遠い昔のことのように思えてくる。

といって倫子自身、夫に対する愛情が醒めたわけではない。セックスレスにしても、夫にほかに女ができて——というわけではないことはわかっていた。男女関係にはとりわけカタブツの夫だった。

このままではいけない、なんとかしていい状態の関係にもどさなければと倫子は思いつづけている。だけどどうしてこんなことになったのか、その原因がわからない。だからどうしていいかわからない。

そうこうしているうちに倫子自身ストレスが溜まってきて、気がついてみたら買物症候群にちかい状態に陥っていた。

この日も夫がゴルフに出かけたあと、デパートにいって洋服や下着を買っての帰りだった。

ぼんやりと夫や自分のことを考えていた倫子は、そのとき妙な感覚に襲われて我に返った。

――ヒップになにか硬い突起のようなものが当たっている！

ハッとして息を呑んだ。

――ペニス⁉

まちがいなかった。

倫子はうろたえると同時におぞましさに襲われて後ろを振り向いた。いやらしい中年男を想像して睨《にら》みつけてやろうと思った。ところが意外にも相手は高校生だった。

あわてて倫子は前に向き直った。想像が外れて戸惑ってもいた。

とっさに高校生だと思ったのは、ヘアスタイルも顔立ちもアイドル系のいかにも少年っぽい感じだが中学生には見えなかったからだった。彼は身長百五十八センチの倫子よりもずっと背が高く、制服らしいブレザーを着ていた。

ただ、ウブなのか、ひどくドギマギした様子で俯《うつむ》いていた。

（この子、わたしのヒップにズボンの前が触れているうちにヘンなことになっちゃったのかも……）

少年の様子を思い浮かべてそう思ったとたん、倫子は胸が高鳴ってきた。同時にいやでもヒップに神経が集中してしまい、硬い突起をはっきりと感じると、ゾクッと身ぶるいした。

ドキドキしながら倫子は思った。

(この子、ウブな感じだし、睨みつけてやるのは可哀相だわ。このままそっとしといてあげよう……)

だが本当のところは倫子自身このままじっとしていたかった。

久々に感じるエレクトしたペニスの感触に胸が息苦しいほど高鳴り軀が熱くなってゾクゾクしていた。気持ちも軀もすっかり乱されていた。そっとしといてあげようと思いながら、すぐに倫子のほうがそうしていられなくなった。

もっと生々しくその感触を感じたいという衝動にかられて、ヒップを強張りに押しつけるようにしてもじつかせた。すると少年がわずかに腰を引いた。

(いけない！　ビックリさせてしまったのでは!?)

あわててそう思ったが、ビックリさせられたのは倫子のほうだった。あろうことか、少年の手がスカートの中に侵入してきたのだ。

さすがに倫子はうろたえた。だが拒もうにも両手に紙袋をさげていてはどうすることもできない。そうしているうちに少年の手が這い上がってきて、ヒップを撫でまわしはじめた。

撫でまわされるヒップがひとりでにヒクつく。興奮しているらしい少年の熱い息が首筋にかかって、ゾクッとさせられると同時にカッと軀が火照る。それに少年のエレクトしたモノが片方の尻朶に突き当たっていて、その生々しい感触に火照った軀がなよなよしてしまいそうになる。

少年は軀の向きを倫子の真後ろからやや斜めにしている。そうやって乗客の眼から痴漢行為を隠しているらしい。

ハッとして倫子は太腿と一緒に尻朶を締めつけた。股間に分け入ってこようとする少年の手を反射的に拒んだものの、首筋にかかる息と尻朶に押しつけられているペニスの感触で軀がなよっとしてしまい、ふっと太腿の締めつけが解けた。その隙に少年の手が股間に侵入してきた。

その手がパンストとショーツ越しに恥ずかしい部分をまさぐってくる。文字どおりまさぐるという感じの手つきで、性器のふくらみを撫でまわしたりつまんだりする。

カァ〜ッと頭の中から全身が熱くなる。戸惑うような性感をかきたてられて腰をもじつかせながらも、ふと倫子は思った。

（この子、まだ経験がないのかも……）

下着越しに初めて女の性器に触れて興奮し夢中になっているのか、ただ闇雲にいじりまわしているという感じの手つきだ。それが欲求不満を囲っている倫子のもどかしさを煽り、そのぶんムズムズしてたまらない性感をかきたてる。

焦れるように腰をもじもじさせながら倫子は、ムズムズするそこが、もうジトッとするほど濡れてきているのがわかった。

倫子は息を呑んだ。いきなりヌルッと、少年の指が膣に押し入ってきた。

そのままぐりぐりこねまわされて、喘ぎそうになった。かろうじて声は殺したものの、ゾクゾクする疼《うず》きをかきたてられてはしたなく腰が蠢き、口を開けていなければ息ができない。といっても周りの眼がある。ほかの乗客に気づかれないように腰を微妙に蠢《うごめ》かせながら、必死に平静を装った。

少年はますます興奮し夢中になっているらしく、そんな倫子にかまわずぐりぐりこねまわす。

少年の指は下着越しに突きたててきているので、第一関節のあたりまでしか侵入していない。ところがそうやって膣口と膣の入口付近をこねまわされていると、倫子のほうはゾクゾクする疼きと一緒にもどかしさをかきたてられて、よけいにたまらない性感と泣きたいほどのせつなさに襲われる。

（あァッ、もっと、もっと奥までしてッ）

思わず胸の中で口走り、そうせずにはいられず、さらに強く少年の指にそこを押しつけ、クイクイと淫らに腰を振った。

（もうどうなったっていい！　誰かに見られてもかまわない！）

倫子は自暴自棄になった。同時にめまいがするような興奮に襲われて夢中になって腰を律動させた。

そのとき、少年が股間から手を引き揚げた。

（だめっ！）

倫子は胸の中でいった。

車外の景色が眼に入った。

電車がM駅のホームに入りかけているのだった。

（この子もここで降りるのかも……）

そう思ったとき、倫子は衝動的な思いにかられた。

（このままじゃいや。我慢できない！）

やはり少年もM駅で降りるらしい。痴漢行為をしたうしろめたさからか、倫子よりさきにドアのほうに移動しはじめた。

倫子は少年のあとにつづいた。痴漢行為によってかきたてられた興奮に加えて心臓の鼓動が激しく高鳴っていた。

この私鉄沿線でもっとも乗降客が多いM駅の前には、都心にあるような繁華街がひろがっていて、デパートやホテルなど一通りのものはそろっている。倫子も日用品などを買うときはここのデパートを利用しているが、洋服などになると品ぞろえの点で劣るので都心のデパートまで出向くことにしている。

M駅に電車が停まってドアが開くと、大勢の乗客が降りはじめた。少年につづいて倫子も電車を降りた。

ホームの人込みの中で少年に並び、倫子は思いきって声をかけた。

「ちょっと待って」

痴漢行為をとがめられると思ったのだろう。少年はうろたえている。

「心配しないで、怒ってなんかないから」

倫子が精一杯親しみを込めた笑みを浮かべていうと、一瞬キョトンとしていたが、すぐにこんどは訝《いぶか》しそうな顔つきになった。

倫子は笑みを浮かべたままいった。

「そのかわり少し付き合って」

「……付き合うって？」

少年は怪訝な表情のまま、聞き返した。

「ついてきてくれればわかるわ。付き合ってくれるわよね？　あなたにも責任があるんだから」

思わせぶりにいって倫子は歩きはじめた。振り返ると、少年は、一体どうなってるのかわけがわからないというような不安そうな表情をしてしぶしぶといった感じでついてきていた。

2

倫子は自分のことながら自分のことが信じられなかった。いくら欲求不満が溜まっていたとはいえ少年に痴漢行為を許し、そのうえ欲望を抑えきれなくなって、あろうことか少年をホテルの部屋に連れ込んでいる。そんな自分が自分の中に潜んでいたということも信じられなかった。

もちろん夫への罪の意識はあった。だがそれ以上に異常な興奮状態に陥っていた。

罪悪感と異常な興奮で吐き気を催しそうな気分に襲われながら、倫子は冷蔵庫を開けた。ホテルに足を踏み入れたときからその気分はつづいていた。

部屋にくるまでの間に倫子が少年にいったことといえば、ロビーで「ちょっとここで待ってて」と、フロントにいってチェックインをすませてもどってきて「ついてきて」の二言だけだった。少年のほうは終始ドギマギした様子で一言も言葉を発しなかった。それにたったいま部屋に入ってきたばかりだが、二人ともまだ口をきいていなかった。

缶ビールと缶コーヒーにグラスを二つテーブルの上に置きながら、突っ立ったままの少年に倫子はいった。

「座って……」

倫子が椅子に腰かけるのを見て、ようやく少年も腰を下ろした。

「あなた、高校生でしょ？」

相変わらず落ち着かない様子のまま、少年はうなずいた。

「高校生でもコーヒーよりもビールのほうがよかったかしら？」

「いえ……」

うわずった声でいった少年に、倫子はコーヒーをすすめ、自分は缶ビールを開けてグラスに注ぎながら聞いた。

「何年生？」

喉が渇いていたらしく、勢いよく缶コーヒーを飲んでいた少年が、缶を口から離して、「二年……」といった。

喉が渇いているのは倫子も同じだった。それにこれから自分がしようとしていることを考えると、アルコールを口にせずにはいられなかった。グラスに注いだビールを一気に飲み干し、さらに注ぎながら倫子はいった。

「そう、高校二年生……いつもあんなことしてるの？」

「そんな……今日初めて……」

少年はしどろもどろしていった。

「でも、どうして若い女の子じゃなくてわたしにあんなことしたの？」

「だって、きれいだし、見てたら、ヘンになっちゃって……」

少年は俯いて照れ臭そうにいった。

「そんな、きれいだなんて……」

倫子は苦笑いしながらも、褒められてわるい気はしなかった。

「あなた名前は？　わたしは倫子、あなたも下の名前だけ教えて」

かにきちゃって、ちっとも倫理的じゃないわね」

「どんな字を書くの？　わたしは倫理の倫だけど……でもマサヒコくんとホテルなんかにきちゃって、ちっとも倫理的じゃないわね」


いっているうちにそのことに気づき、倫子が自嘲の笑いを浮かべていうと、初めて少年も笑って、

「マサは日を二つ重ねた昌……」

「そう。昌彦くん、女性の経験は？」

「え？　まだ……」

「そうじゃないかと思ったけど、童貞？」

恥ずかしそうに昌彦はうなずく。

「童貞なのに痴漢なんてして困った子ね」

倫子は揶揄《やゆ》し、ドキドキしながら聞いた。

「経験してみたい？」

俯いていた昌彦がパッと表情を輝かせて顔を上げ、おかしいほど大きくうなずいた。

「じゃあ脱いで……」

倫子は立ち上がった。昌彦と話しているうちに缶ビールを空けてしまったせいか、

いつのまにか吐き気を催すような気分は消えて、かわりに息苦しいほど胸がときめいていた。胸のときめきが、胸の底にあった迷いまでかき消していた。

昌彦が脱ぐのを見ながら、倫子も脱ぎはじめた。興奮した顔つきで昌彦も倫子を見ていた。その視線に軀が熱くなるのをおぼえながら、見せつけるようにして倫子は脱いでいった。

倫子がペアの薄紫色のブラとショーツだけになったとき、昌彦の紺色のブリーフの前は早くも露骨に突き出していた。

「ブリーフも取って……」

いいながら倫子はブラを外し、両腕で胸を隠した。

スリーサイズが八十三・六十・八十五と均整が取れている倫子の、三十二歳の熟れた裸身に、昌彦は一瞬固唾《かたず》を呑んだ感じで眼を奪われていたが、ふと我に返った様子でブリーフを下ろした。

ブルンと大きく弾んでペニスが露出した瞬間、倫子は思わず喘ぎそうになり、こんどは倫子の眼が昌彦のペニスに釘付けになった。

エレクトして腹を叩かんばかりに反り返っているそれを見ているだけで、ズキンと膣が疼いて軀がふるえる。

久々に眼にしたエレクトしたペニスに魅せられ引き寄せられて、倫子は昌彦の前にひざまずいた。

童貞だからか、昌彦のそれは夫のモノのように赤黒くない。亀頭が赤みがかったピンク色をして茎の部分も茶褐色をしているが、長さといい太さといい、夫のモノよりもひと回り長大だった。

「すごいわ。元気なのね」

目の前の怒張を凝視したまま、うわずってふるえをおびた声でいうと、倫子は思わずそれに頬ずりした。生々しい強張りの感触に頭がクラクラして興奮のあまりハァハァ息が弾む……。

「そんな、だめだよ」

昌彦がうろたえてあわてて腰を引き、倫子は我に返った。

「ごめんなさい。昌彦くんの、すごく立派だから、童貞だってこと忘れちゃって……」

昌彦につかまって立ち上がり——そうしなければ興奮がアルコールの酔いのように下半身にまでまわって立てなかった——昌彦の手を取ってベッドに誘った。

倫子が仰向けに寝て導くと、昌彦は軀を重ねるなり乳房にしゃぶりついてきた。両手で乳房を揉みしだきながら、夢中になって乳首を吸いたてたり舐めまわしたりする。

「あぁッ、焦らないでいいのよ……」

倫子はのけぞりながら、うわずった声でいった。テクニックなどなにもなく、ただがむしゃらに乳房を攻めたててくる昌彦だが、欲求不満を囲っていた倫子にとってはその一途な行為で充分だった。甘い疼きをかきたてられてきれぎれに喘いでのけぞりながら、太腿に当たっているビンビンになったペニスの感触に下半身がざわめいて、ひとりでに腰がいやらしくうねる。

焦らないでといいながら、たちまち倫子のほうが我慢しきれなくなって、両手で昌彦の肩を下方に押しやった。

「ね、脱がせて……」

腰をくねらせていった。夫にもそんな艶《なま》めかしい仕草でそんなことをいったことはなかった。そのことに恥ずかしさよりも新鮮な興奮をおぼえていると、昌彦のほうも興奮しきった顔つきで両手をショーツにかけてずり下げていく。

「昌彦くん、女性の恥ずかしい部分を見たことは？」

「パソコンとかではあるけど、でもナマではまだ……」

全裸になって片方の脚をよじっている倫子の腰を凝視したまま、昌彦がいう。

「いやァね、ナマだなんて」

倫子は笑いながらも、昌彦の生々しい言い方に顔が火照った。と同時にもう恥ずかしいほど濡れているそのナマの部分がキュッと収縮し、ジュクッと生温かいものがあふれて軀がふるえた。その感覚に気持ちを煽られて倫子は聞いた。

「じゃあナマで見たい？」

「見たいよ、見せて」

昌彦が気負い込んでいう。

「恥ずかしいわ。だけど昌彦くん童貞だから我慢して見せてあげる……」

そういいながらも倫子自身その恥態を想ってめまいがするような興奮につつまれて膝を立て、ゆっくりと脚を開いていった。

3

全身を燃えさかる炎で炙《あぶ》られているようだった。燃えさかっているのは羞恥と興奮の炎だった。

膝を立て脚を開いて露呈している倫子の恥ずかしい部分は、かなり濃密なヘアが逆三角形に生えて、花びらは色もそれほど濃くなく形も薄い唇に似ているが、縮れたヘアがその周りを縁取っていて、それが性器の生々しさとあいまっていやらしい眺めを呈している。

それにそこはもうあふれた蜜がクレバスから流れるほど濡れていて、よけいにいやらしく見えているはずだった。

そこを、昌彦が食い入るようにして見ている。

その突き刺さるような視線を感じているとひとりでに膣がヒクつき、羞恥と興奮の炎で炙りたてられている軀が——というより腰が淫らにうねってしまう。

「ああ昌彦くん、見てるだけじゃなくって、触ってもいいのよ」

触ってもいいじゃなくて、もう触ってもらいたくてたまらなくなって、倫子はうわずった声でいった。

昌彦の手が触れてきた。息も弾んでいた。そこをぐっと押し開く。あッ——と、倫子は思わず喘いだ。

「すごいッ、動いてあふれてるよ！」

昌彦の興奮した声に、サーモンピンクのクレバスがあからさまになって膣口が収縮し、ジワッと蜜をあふれさせている生々しい眺めが脳裏に浮かび、倫子もどうかなってしまいそうなほど興奮を煽られた。

「だって、昌彦くんに見られてるからよ。ね、そこ、どこだかわかる?」

喘ぎ喘ぎ聞くと、

「膣の入口……」

昌彦もうわずった声でいう。

「そう、昌彦くんのペニスをインサートするところよ」

そんなことをいってまるで性教育をしているような自分に、倫子はいままでにない興奮をおぼえながら、さらに聞いた。

「じゃあクリトリスってどこだかわかる?」

「うん、ここ……」

「ああッ!」

昌彦の指でクリトリスを触られてズキンと甘美な疼きがわき上がり、倫子は喘いでのけぞった。

「ね、クンニしていい?」

「え——!?」

いきなり昌彦に思いがけないことをいわれて倫子はうろたえた。

「だめよ、シャワー浴びてないから。指でして」

「かまわないよ。俺、してみたいんだ」

いうなり昌彦は倫子の性器にしゃぶりついてきた。

「あッ、だめッ、そんなァ、だめェ〜」

倫子は狼狽しきって腰を振り両手で昌彦の頭を押しやろうとした。だが昌彦はがむしゃらにクリトリスを舐めまわす。すぐに倫子は拒絶できなくなった。そればかりか否応なくかきたてられる快感の疼きにたちまち泣くような喘ぎ声を洩らして軀をのけぞらせずにはいられなくなった。

ふくれあがっているクリトリスを、痛いほど舌で弾いたりこねまわしたりする昌彦のクンニに、欲求不満を囲っていた熟れた女体はひとたまりもなかった。一気に絶頂に追い上げられて、

「ああッ、昌彦くんだめッ、イクッ、ああんイッちゃう〜！」

倫子はよがり泣きながら大きく反り返って激しく腰を揺さぶった。

童貞の高校生にクンニリングスされてイッてしまったことに戸惑いながら起き上がると、昌彦も倫子と同じように興奮が貼りついたような表情で息を弾ませていた。

「ああ昌彦くんたら……」

いうなりこんどは倫子が昌彦の股間に顔を埋めていった。

「そんな、そんなことされたら、すぐに我慢できなくなっちゃうよ」

あわてて昌彦は倫子を押しやった。いわれてみればそのとおりだった。倫子はフェラチオするのをやめて仰向けに寝ると、膝を立てて脚を開いた。

「じゃあきて……」

緊張した顔つきで昌彦が倫子の股間ににじり寄ってきた。腹を叩かんばかりにエレクトしているペニスを手にすると、いきなり突きたててくる。が、興奮しているせいか、的外れの場所ばかり突きたてる。

「焦らないで。もっと下……」

倫子は腰を浮かして蠢かせながら、膣口を亀頭に当てがってやった。——と、ヌル～ッと強張りが押し入ってきた。

「あぁッ……いいッ！」

久々に味わう、膣を硬直で貫かれて全身がとろけていくような快感に、倫子はめまいに襲われて、それだけで達してしまった。

そんな倫子をすぐまた快感のうねりが襲ってきた。昌彦がピストン運動をしているのだった。

「ああいいッ、気持ちいいッ、昌彦くんは？」

「気持ちいいッ。たまんないよ、すぐに出ちゃいそうだよ」

突き引きしながら、昌彦が切迫した様子でいう。

「いいのよ、出したくなったら出しても。そのときはイクっていって。わたしも昌彦くんに合わせてイクから」

本音をいえばこのまま気が狂ってしまうほど突きたててほしかったが、倫子自身もういつでもイケる状態になっているのも事実だった。

「だめだ、イクよ！」

昌彦が激しく律動する。ズンと突き入って倫子にしがみつき、耳元で呻いた。倫子の中で肉棒が跳ね、ビュッ、ビュッと勢いよくスペルマを発射する。倫子もオルガスムスに達してそれを訴えながら腰を揺すりたてた。


「倫子さんて、結婚してるの？」

シャワーを浴びたあと、二人とも全裸のままベッドに横になっていると、昌彦が乳房を愛撫しながら聞いてきた。倫子のほうはシャワーを浴びているうちに早くも回復してきた若いペニスをいじっていた。

「ええ。……なのにこんなことして、いけない人妻でしょ？」

倫子は自嘲した。

「そんなことないさ。俺にとっては最高の人だよ。だって初体験させてくれたんだもの」

昌彦は笑っていった。

「ね、歳聞いてもいい？」

「……いいけど、がっかりするわよ」

「いくつ？」

「もう三十二よ」

「へえ。二十五、六歳かと思った……」

「ほら、聞かなきゃよかったでしょ？」

うわずった声でいって倫子は両脚をよじり合わせた。硬くしこって突き出している乳首を昌彦の指先でくすぐるように撫でまわされて、内腿のあたりがムズムスしてきたからだった。

倫子は昌彦におおい被さっていった。あれほどドギマギして無口だった少年が童貞を卒業したとたんに人が変わったように饒舌になり、愛撫する手つきまで余裕のようなものが生まれてきたことに驚きながら。

「ダンナさんとはうまくいってないの？」

「ええ、まァ……そうじゃなきゃ昌彦くんとこんなことにはなってないわ」

いうと倫子のほうから昌彦に唇を重ねて舌を滑り込ませていった。ねっとりと昌彦の舌をからめ取る倫子の舌に、昌彦もぎこちなくからめ返してくる。キスも初めてなのだろう。昌彦のキスは女を酔わせる仕方には程遠いが、倫子は興奮を煽られて甘い鼻声を洩らしながら、裸身を悶えさせていた。昌彦の胸に過敏になっている乳房を押し当て、下腹部にエレクトしたペニスを感じているからだった。

唇を離して倫子は下方に軀をずらしていった。中年の夫とはちがった若い昌彦の軀に頰ずりしながら下腹部まで移動していくと、目の前の怒張に手を添え、チラッと昌彦を見やって眼をつむり、亀頭に舌を這わせた。昌彦は肘をつき上体を起こして倫子を見ていた。

昌彦の視線を感じて興奮を煽られた倫子は、見せつけるように舌を亀頭にじゃれつかせて舐めまわし、さらに怒張全体を唇と舌でくすぐるようにしてなぞり、咥えると顔を振ってしごいた。

いちど欲望を解き放っているので我慢がきくのだろう。昌彦はされるがままになっている。が、少しして倫子の腰を引き寄せた。

昌彦が倫子を上にしてシックスナインの形を取らせようとしているのだとわかって、倫子は戸惑った。大股開きの恰好ですべてを見せたときとはちがった恥ずかしさがあった。だが拒むことができなかった。はしたない恰好を恥ずかしがりながらもそれ以上に刺戟されて軀の向きを変え、昌彦の顔をまたいだ。

昌彦の両手が秘唇を押し分け、舌がクリトリスに這ってきて舐めまわす。怒張を咥えて顔を振っている倫子は、たまらない快感の疼きに泣くような鼻声を洩らして腰をもじつかせずにはいられない。

昌彦も必死に快感をこらえているらしく、そのぶん攻めたてるようにクリトリスを舌でこねまわし、倫子のフェラチオと昌彦のクンニリングスがせめぎ合う感じになった。

このまま夢中になってつづけていたら、二人ともイッてしまうかもしれない。それよりも怒張を入れたくなった倫子は、昌彦の上から逃れた。

「もうだめ……こんどはわたしが上になってしていい？」

発情した顔つきで息も絶え絶えに聞くと、

「騎乗位？　いいよ」

昌彦も興奮した表情で息を弾ませていう。

倫子は昌彦の腰をまたいだ。臍を向いていきり勃《た》っているペニスを手にして真っ直ぐに立て、亀頭でクレバスをまさぐって膣口に当てがうと、ゆっくり腰を落とした。ヌル〜ッと肉棒が下から突き上げてきて、息が詰まった。完全に腰を落とすと、身も心もとろけるような快感がひろがって、詰まっていた息がふるえをおびた喘ぎ声になった。

昌彦が両手を伸ばして乳房を揉む。その腕につかまって、倫子はクイクイ腰を律動させた。

「ああンいいッ、昌彦くん、当たってるのわかる?」

「ああ、グリグリこすれてる。これって子宮口っていうんだろ?」

性知識だけは相当あるらしい。昌彦が苦悶の表情を浮かべていう。

「そうよ。ああン、ビンビン響いてたまんない……」

わき上がるしびれるような快感の疼きに耐えきれなくなり、倫子は両手を昌彦の胸についた。競馬の騎手のような体勢をとると股間を覗き込み、そのまま腰を上下させた。

濡れた秘唇がヌラヌラと濡れ光った肉棒を咥えて上下する淫らな眺めがまともに眼に入って、頭がくらくらする。

「見えてる？　昌彦くん」

「すげえッ。ズコズコしてるの丸見え！」

顔を起こしている昌彦が、興奮しきった様子でいう。それを聞いてわずかに残っていた倫子の理性の糸がプツンと音をたてて切れた。

「ああッ、いやらしい……いやらしいの、いいッ！」

夫にもいったことがない言葉を口にして腰を律動させる倫子に、昌彦が激情にかられたように起き上がっておおい被さってきた。激しく突きたててくる。倫子はよがり泣きながら、昌彦にしがみついていった。

4

日曜日の午後、倫子は一週間前の土曜日と同じホテルのロビーにいた。

夫は今日もゴルフにいっている。

先週の土曜日、昌彦から翌日の日曜日も逢いたいと迫られたのだが、連日逢うなどできることではなかった。それどころか昌彦との二度の行為で欲求が満たされると、まるで憑《つ》きものが落ちたようになって、さすがに倫子は後悔していた。それで苦しまぎれに一週間後の日曜日に逢うということで、しぶる昌彦をやっと説得したのだった。

そのときの倫子は、もう昌彦とは逢うことはないだろうと思っていた。それに昌彦に対しても、この一週間のうちに少しは熱が醒めて、人妻との関係をあきらめてくれれば……と願っていた。

ところが昌彦のほうはいざ知らず、熱が醒めやらなかったのは倫子のほうだった。折に触れて昌彦とのセックスを思い出しながら一週間がすぎたとき、倫子の気持ちと軀は——とりわけ軀のほうは昌彦と出会ったときとまったく同じ状態に陥っていた。いや、それ以上に欲望を抑えきれなくなっていた。

約束の時間は、午後一時だった。すでに倫子はチェックインをすませていた。

私服姿の昌彦がホテルに入ってきた。ポロシャツに綿パンというラフな恰好だった。倫子に気づくと、パッと表情を輝かせて足早に近づいてきた。

ホテルにくる前から高鳴っていた倫子の胸も、昌彦を見たとたんに鼓動が速まっていた。

「——号室よ。あとからきて」

昌彦にそういって、倫子はエレベーターホールに向かった。

部屋に入ってほどなくチャイムが鳴った。ドアを開けると、昌彦がすばやく入ってきた。二人で部屋の真ん中までいくなりどちらからともなく抱き合って唇を重ね、たがいに貪り合うようにキスした。

まだ上手とはいえないが先日よりは巧みに舌をからめてくる昌彦に、倫子は熱っぽく舌をからめ返しながら、甘い鼻声を洩らして腰をもじつかせた。早くもエレクトした昌彦のモノが下腹部に突き当たって、それだけでもうゾクゾクさせられていた。

「脱いで……」

唇を離すと倫子は待ちきれずにいった。そして昌彦と一緒に脱ぎはじめた。昌彦がどんな反応を見せるか、胸をときめかせながら。

倫子が下着姿になったとき、昌彦は予想したとおりの反応を見せた。驚きと興奮が入り混じったような表情で、眼を見張っていた。

「すげえ！　いいなァ、俺そういう下着好きなんだ」

うわずった声でいう。ブリーフの前が露骨に突き上がっている。

倫子が身につけているのは、黒いブラとショーツとガーターベルト、それにセパレーツの黒いストッキングというセクシーなスタイルの三点セットの下着だった。

倫子がこんな下着をつけていることは夫も知らない。それというのもそのきっかけになったのが、夫との間に生じたセックスレスの状態だったからで、欲求不満から買物症候群に陥って下着にも凝るようになり、とくに不満が高まってモヤモヤする生理の前になると、外出するときは決まってこういう下着をつけるようになったのだった。

「よかったわ、昌彦くんに気に入ってもらって」

セクシーなスタイルの下着姿を舐めまわすような昌彦の視線に軀が熱くなるのを感じながら、倫子が笑いかけてブラを外すと、

「そんな下着見てたら縛ってみたくなっちゃったよ」

唐突に昌彦が思いがけないことをいった。

「俺、SMとかにも興味あるんだ。ね、いいよね？」

倫子はうろたえた。

「そんな、SMなんていやよ」

倫子にはSMプレイの経験などない。狼狽しながらも、だが、目ざとくホテルの浴衣の紐を手にした昌彦を見て、自分でも戸惑うような軀の火照りをおぼえた。

「SMの経験はないの？」

「あるわけないでしょ」

「じゃあ二人でSM初体験してみようよ。ほら、両手を背中にまわして」

「そんな、縛られるなんていや……」

後ろにまわった昌彦に乳房を隠している手をつかまれて促されると、そういいながらも倫子は拒むことができなかった。

両手を後ろ手に縛られると、惨めな思いが込み上げてきた。それでいてゾクゾクして、ひとりでに息が乱れた。

「どう？　初めて縛られた気分は」

昌彦が後ろから抱いて両手で乳房を揉みながら聞く。

「いや、ああ……」

のけぞる倫子の口から洩れたのは、ひどく艶めかしい声だった。

昌彦が乳房を揉みたてながら、早くも硬くしこっている乳首を指先でこねまわす。倫子はきれぎれに喘ぎながら身悶えた。それも突き当たっている昌彦の強張りにヒップをこすりつけるようにして。

「倫子さんてけっこうマゾッ気あるんじゃないの？　ほら、もう乳首なんてビンビンになっちゃってるよ。ここだってビチョビチョになってんじゃないの？」

「ああッ、だめ……」

片方の手で乳首をつまんでこねながらショーツの前をまさぐってきた昌彦に、倫子はふるえ声を洩らしてのけぞり、腰を振りたてた。

「たまらないなこのヒップ」

「ひッ！」

いきなりヒップを叩かれて倫子は悲鳴をあげた。

「さ、ベッドに上がって。もっといい恰好にしてやるから」

「そんなァ……」

手でヒップを叩かれて嬌声をあげながらベッドに追い上げられ仰向けに寝かされた。

昌彦は無理やりに倫子の脚を押し開き、その間に坐った。

「このもっこりがたまんないな」

「そんな、いや……」

ハイレグのためよけいに強調されたようになっている恥丘の盛り上がりを撫でまわす昌彦に、倫子は羞恥を煽られて腰を揺すりたてた。

「ここはどうなってるのかなァ」

揶揄するように笑っていいながら昌彦が指先でショーツ越しにクレバスをなぞる。

「そんな、だめ……」

喘ぎ声でいって倫子は腰を揺すった。脚を押しひろげられているため、腰を左右に振ることはできない。激しく上下に揺すっているつもりが、クレバスをなぞる指でムズムズする性感をかきたてられて、うねうねと波打つような淫らな腰つきになる。

「なんかヌルヌルした感じ。やっぱビチョビチョになってんじゃないの？」

「いや……」

ニヤニヤ笑って聞く昌彦から倫子は顔をそむけた。まだ童貞を卒業したばかりだというのにもともとそういう素質があったのか、明らかに昌彦はそうやって倫子を辱めて愉しんでいる。さっきから年上の倫子のほうが戸惑わされていた。

「どれ、ちょっと見てみようか」

弾んだ声でいうなり昌彦がショーツを股の部分をぐいと横に押しやった。

「そんなァ、だめェ〜」

倫子は嬌声をあげて腰を揺さぶった。そんなことをされて秘部を見られる恥ずかしさ、いやらしさがたまらない。

「すげえな、ビチョビチョだ。やっぱ倫子さんてマゾッ気あるよ。縛られただけでオシッコ洩らしたみたいに濡れてんだもん」

昌彦の露骨で卑猥な言い方に倫子は言葉もなく、羞恥ばかりか興奮を煽られて身悶えた。ホテルのロビーで昌彦を待っていたときからすでに濡れていたのはわかっていたが、縛られてますます濡れてきたのも事実だった。

「よし。じゃあもっといい恰好に縛ってやろう」

いいながら昌彦がショーツを引き下ろして抜き取る。倫子をガーターベルトとストッキングだけの恰好にすると、二枚ある浴衣のもう一本の紐で膝を縛り、その紐を背中にまわして締め上げ、一方の膝も縛った。

「そんなァ、いやァ……」

いたたまれない羞恥に倫子は激しく身悶えた。一週間前には童貞の昌彦の前に自ら脚を開いてすべてを露呈して見せた倫子だが、あのときといまのように縛られて無理やりに恥態を強いられるのとでは、恥ずかしさの度合いも質もまったくちがう。しかも両膝を曲げて真横に開いた、これ以上ない露骨な恰好を強いられているのだ。

「決まったな。開脚縛りだよ」

昌彦が得意気にいう。

「そうだ、もっといい手がある」

なにを思ったか、枕を引き寄せた。倫子の腰の下にそれを敷き入れた。

「ほらこうやれば、倫子さんにもアソコが見えるだろ?」

「ああ、いや……」

倫子はふるえ声でいってかぶりを振った。火のような羞恥に炙られながらも、めまいがするような興奮もかきたてられていた。

昌彦が秘苑に手を這わせてきた。つられて倫子の視線も股間に這った。秘苑がまともに眼に入ることはなかったが、それでも腰が持ち上がっているため、ヘア越しに秘唇がいやらしく口を開けているのが見えて、カッと全身が火になった。

昌彦が両手の指先でクリトリスと膣口を撫でまわす。倫子は喘いで身悶えた。といっても縛られているのでほとんど軀は動かせない。腰だけが淫らに蠢く。

「もうクリチャンもビンビンだよ」

「ああッ、だめ、そんなことしたら、ああンもう……」

「感じちゃってたまんないんだろ?」

倫子はうなずいた。

「ここに指入れてほしい?」

露骨な聞き方をする昌彦に、そんな――といいかけてやめ、またうなずいた。もうそうしてほしくてたまらなくなっていた。

「じゃあそういってみなよ。倫子のいやらしいとこに指入れてって」

「そんな……!」

倫子は絶句した。そんな恥ずかしいことは死んでもいえなかった。それにまだ高校生だというのにそんなことをいわせようとする昌彦にうろたえさせられた。

「いわなきゃ入れてやんないよ」

意地悪なことをいってなおも昌彦はクリトリスと膣口を嬲りつづける。きれぎれに泣き声を洩らして腰をもじつかせながら、クチュクチュという卑猥な音が響くのを聞いているうちに倫子は、死んでもいえないことをいわずにはいられなくなってきた。

「ああンもう、もう入れてッ。倫子のいやらしいとこに、指入れてッ」

気が遠くなるような羞恥と興奮につつまれていうと同時に昌彦の指が侵入してきた。それだけで倫子は達してしまった。

昌彦の指がズコズコと蜜壺を突きたて、クリトリスをこねまわす。たちまち倫子はよがり泣きながら、昌彦の指の動きに合わせて自由にならない腰を律動させはじめた。

「いいんだろ？」

昌彦が聞く。倫子はウンウンうなずき返した。

「どこがいいの？」

「そこッ、ああッ、いいッ。もう、もう昌彦くんのでしてッ」

倫子は息も絶え絶えに訴え、求めた。

「俺のでしてほしかったら、俺のチ×ポしゃぶらせてっていってみろよ」

倫子は昌彦にいわれたとおりいった。もはやそんな恥辱的なことをいうことにさえ快感をおぼえながら、昌彦が突き出した怒張を舐めまわした。

昌彦との関係をつづけて一カ月あまりがたった。

その間に倫子は週末の土日ばかりか昌彦の学校があるウィークデイにも、ときおりホテルで昌彦と逢うようになった。おかげで買物症候群は治まったが、驚くほど性的な好奇心が旺盛な昌彦によって年上の倫子のほうが、逢うたびにいろいろなセックスプレイを経験させせられていた。

恥ずかしい恰好に縛られて嬲られたり、オナニーさせられたり、さらには排尿するところを見られたり、一応目隠しは倫子が懇願して許されたもののそんな恥態を写真に撮られたりといったセックスプレイというよりはSMプレイによって、倫子自身すっかりマゾの歓びにめざめさせられた。

それればかりか昌彦の奴隷になることを誓わされて、まさにセックス奴隷になっていた。

この日もホテルの部屋で、昌彦からあられもない恥態を強いられていた。黒いガーターベルトとストッキングだけの恰好で後ろ手に縛られて椅子に坐り、肘掛けをまたいで両膝を拘束されているのだった。

そんな恥態をとらされて倫子は、もう秘唇の間が光るほど濡れて息を乱していた。

ところがなぜか昌彦はそのまま倫子になにもせず、しきりに時計を見やっている。

そのときチャイムが鳴った。

「おッ、きたきた……」

「きたって、どういうこと!?」

ドアロに向かいかけた昌彦に倫子はうろたえて聞いた。

「俺の友達だよ。そいつまだ童貞なんだ。だから俺たちと3Pやって初体験させてやろうと思ってさ、いいだろ?」

「そんな！　昌彦くん本気なの!?」

「もちろんマジだよ。そいつ、石田《いしだ》っていうんだけど、3Pに加えてもらって初体験するかわりに一万円俺に払ってんだよ」

こともなげにいう昌彦に、倫子は返す言葉もない。その金を返してこんなことはやめてと懇願しても聞き入れてくれるような昌彦ではなかった。

茫然としている倫子を見て昌彦は了解したと思ったのか、ドアロにいった。

こんな恥ずかしい恰好を昌彦以外の第三者に見られると思うと、倫子は居ても立ってもいられない気持ちだった。それでいて戸惑うほど胸が高鳴ってもいた。

ドアの開閉音がして昌彦がもどってきた。後ろから気の弱そうな少年がついてきた。

少年は倫子を見るなり立ち尽くした。あわてて顔をそむけた倫子の眼に、驚倒したような少年の顔が焼きついていた。

「見ないで……」

倫子の声はふるえた。

「あんなこといってるけど、倫子はマゾだから見られてゾクゾクしてんだ」

昌彦が得意気にいう。

「倫子、こいつが石田だよ」

「よろしくお願いします」

石田がうわずった声でいってペコンと頭を下げるのが、顔をそむけている倫子の眼の端に見えた。

そういわれても倫子のほうはいうべき言葉もない。

「ほら石田、突っ立ってないで早く脱げよ。おまえのことはもう倫子には話してあるから遠慮すんな」

服を脱ぎながら昌彦に急かされて石田も脱ぎはじめた。

二人とも裸になった。倫子が俯きかげんに見ていると、早くも腹を叩かんばかりになっている昌彦のペニスに比べて童貞の石田のほうは緊張しているのか、まだ半勃ちの状態だった。

「おまえナマで女のアソコを見るのも初めてなんだから、まずよく見て弄《いじ》ってみろ」

「ああ……」

昌彦にいわれて石田が倫子の前にしゃがみ込み、昌彦のほうは倫子の横にきた。

「石田、入れたくなったらいいなよ。俺のほうはしゃぶってもらってるから」

そういって怒張を倫子の口許に突きつけてくる。倫子はすすんで怒張に舌をからめていった。

秘苑に突き刺さるような石田の視線を感じて軀をふるわせながら、このあと若い二人から口と膣を一度に犯される場面を想像してマゾヒスティックな興奮をかきたてられて——。

密計

藍川京

藍川京
（あいかわ・きょう）

熊本県出身。福岡女子高等学校卒業後、現代文芸研究所の田端信氏に小説の指導を受ける。1989年、作家デビュー。独自の感性と繊細な筆致で描かれるその世界は多くのファンを持ち、強い支持を得ている。『鴇色の喘ぎ』（徳間文庫）、『爪紅』（双葉文庫）、『柔肌まつり』（祥伝社文庫）、『愛の依頼人』（幻冬舎アウトロー文庫）他著書多数。

＊初掲載時のタイトル「新妻　玩具の淫臭」を改題

1

若菜《わかな》はまだ寝息をたてている。先に目覚めた健次《けんじ》はそっとベッドを抜け出すと、音をさせないように分厚いカーテンをゆっくりと開けた。

まぶしい初夏の光がレースのカーテンごしに寝室に射し込み、若菜の透けるように白い顔を照らし出した。

ため息とも昂ぶりともつかない大きな息を吐いた健次は、抜け出したベッドにふたたびもぐり込むと、愛らしい二十四歳の妻の顔を眺めた。

シルクのような瞼に細い血管が透けている。ついつい唇をつけたくなる。瞼からはほどよくカールした長い睫毛が生えている。すっと通った鼻筋の割には、冷たさを感じさせないかわいい鼻孔。鼻を見ているだけでもムラムラとしてくる。

紅を塗っていない唇には十分に赤みがあり、そこだけ見ていると少女のようだ。だが、ぷっくりした小さめの唇を精いっぱいにひらき、太い肉棒を咥えて奉仕することは教え込んである。それ以上の欲求も山ほどあるが、若菜が上役の娘ということもあり、これまでノーマルな営みをしてきた。

若菜はまじめでおとなしい女だ。健次に抱かれるまで処女だった。性の知識もほとんどなかった。

白い肌を荒縄でギリギリと縛り、言葉で嬲《なぶ》りながら破廉恥に責めることができたら……。

これが上司の娘でなかったら……。

そんなことを考えて、いくどため息をついただろう。

繊維関係の商社に勤める健次は三十歳。やり手の社員だけに上司からの信頼も篤《あつ》い。ある日、部長宅に寄ったときに末娘の若菜を紹介され、健次は一目で惚れた。

いかにも良家の子女という感じの美形の若菜は、嗜虐の血をたぎらせる雰囲気の女だった。健次はこの女を自由にしたいと思った。だが、結婚してみると、自分よりはるかに高い地位にいる部長の顔がちらついて、あまり妙なことはできない。

昨夜も健次は若菜を抱いた。前技に時間をかけ、挿入してからも抽送しては腰を止め、キスをしたり乳房を揉みしだいたりした。そうやって気をやるまでにたっぷりと時間をかけただけ、若菜はぐったりとなり、シャワーを浴びる気力もないまま、すぐさま眠りに落ちてしまった。

行為が終わってから若菜の秘芯を拭いてやったものの、太腿のあわいには淫靡な匂いがたちこめているはずだ。パンティもつけていない。若菜は裸のまま眠っている。

健次は羽根布団をそっとまくった。みずみずしい乳房のふくらみのまん中で、薄く色づいた乳首が恥ずかし気に乳暈に沈んでいる。だが、触れればたちまちコリッとしこって立ち上がってくるはずだ。

さらに布団をめくると、ほっかりした肉饅頭に生えた黒い翳りがあらわになった。太腿もかすかにひらいている。

総身を空気になぶられた若菜は、さすがに目を覚ました。そして、慌てて布団をかぶった。

「だめ……」

「いいじゃないか」

「だめ」

そんな押し問答をしながら他愛ない掛け布団の取り合いをしていると、サイドテーブルにある電話が鳴った。若菜は滑稽なほどビクッと躰を硬直させた。

健次は顎をしゃくった。若菜は手を伸ばして受話器を取った。

「はい……えっ？　志賀《しが》先生？　こんなに早くどうなさったんですか？　えっ？　そうですか。はい、ええ、私も……」

健次は真後ろから若菜の乳房を揉みしだきはじめた。若菜の肩先がくねった。

「いえ……はい……」

困惑している若菜におかまいなく、健次は乳首をいじりはじめた。

志賀というのは若菜の高校時代の担任教師だ。結婚式のときにお願いした祝辞は、出席者からも好評だった。

若菜が高校生だったとき、父親は東京本社から関西支社に栄転になり、若菜も転校した。そして、高校を卒業するころ、父親の本社転勤で、ふたたび東京での一家の生活がはじまった。

「あの……主人に代わりましょうか」

今にも声を上げてしまいそうになって、若菜は受話器を健次に押しつけた。

「お久しぶりです。そうですか。だったら、ぜひうちに泊まってください。若菜も喜びますよ」

これから出張で上京するという志賀の電話に、健次はそうこたえて電話を切った。

そして、ウイークデーの朝にもかかわらず、抵抗する若菜を組み伏した。

2

「先生に会うのが楽しみだから早く帰ると言っていたのに……すみません」

高校時代の恩師、滋賀に、若菜は心底申し訳なさそうに謝った。

急用で遅くなるから先に食事をしていてくれと健次から電話があったのは、志賀が到着してすぐのことだった。

健次の好きなワインをふたりで飲みながら、若菜は落ち着かなかった。

志賀は健次より二つ年上の三十二歳。気さくで愛敬があり、生徒たちの人気もあった。大学時代にラグビーで鍛えたという躰は、いまだにゼイ肉もなく引き締まっている。

志賀はかつての憧れの教師だ。もっとも、若菜だけでなく、多くの生徒が憧れていた。少女の淡い恋といったところだ。それでも、健次としか躰を合わせたことのない若菜は、志賀とふたりきりで向かい合っていると気疲れした。志賀が泊まるとわかっていながら帰宅が遅れるという健次が恨めしい。

「うまいワインだ」

「ワインはさっさと空けてしまわないと味が落ちますから、どうぞ」

「若菜は呑める口か？」

「いえ、ほんの少しだけ」

「じゃあ、ほんの少しだけ注いでやろう」

そんな会話を交わしながら、志賀は上手に若菜にワインを勧めた。

まだ三杯めだというのに、若菜のこめかみのあたりがほんのりと紅く染まっている。いっそう新妻らしい色っぽさが滲んできた。

ストレートの軽やかなロングヘアは高校生のときと同じだが、そこにも大人の色気が滲んでいる。

ワインが一本空くころには、若菜はだいぶ酔っていた。それでも、恩師の前で精いっぱい正気を保とうとしている。

「朝が早かったから、ちょっと疲れたな。健次君が帰ってくるまで横になっていていいかな」

「ええ、すぐにお布団を敷きます。お風呂も用意しますね」

「いや、シャワーだけでいい。またあとで使わせてもらうから」

志賀が横になっている間、若菜も寝室で酔って休めるつもりだった。

和室には、男の一泊旅行にしては大きすぎる志賀の鞄が置いてある。

布団を敷いている間に、早くも志賀が戻ってきた。

「何もかもやってもらってすまないね。そうだ、大事なお土産を忘れていた」

志賀はふくらんでいる鞄を引き寄せ、ニヤリとした。

「さっき、クッキーをいただきました」

「これもクッキーみたいなものかもしれない。開けてみてごらん」

若菜は大きな包みをあけた。

「あ……」

少しぼんやりしていた若菜は、包装紙の中から出てきた数個の箱を見て、いちどに酔いが醒めた。

男の肉茎の形をした道具の写真がついている。生々しいピンク色だ。健次のものよりひとまわりもふたまわりも大きいようなそれには、細い枝も斜めに突き出している。枝があるのはどうしてかわからないが、初めて目にする若菜にも、それが猥褻な玩具だとわかった。

ほかの箱には、ピンクのほっそりした卵型のものや黒い棒状のものが描かれている。それもどういう道具かわからないが、いかがわしいものだということは想像できた。

「クッキーは口で食べるもの。これは下の口で頬張るもの。どっちも口で食べるものだろう？」

いかがわしい玩具の写真のついている箱を差し出した志賀に若菜は唖然とした。まちがってもそんな粗野な言葉を口に出す教師ではなかった。ワインのせいでおかしくなっているのだと思った。しかし、猥褻な玩具は最初から用意されていたのだ。そのことに気づき、若菜はコクッと喉を鳴らした。

「好きな物を箱から出してごらん」

若菜は目を見ひらき、口を半びらきにして首を振った。息苦しかった。心臓が飛び出しそうなほど高鳴った。

「新婚家庭にそんなものはいらないか。だが、もう一年たったんだ。これから、こんなものを使ってみるのもいいんじゃないか？」

志賀は自分でそれぞれの箱をあけて、猥褻な玩具を畳の上に並べていった。

「いや……」

その場の異様な空気に耐えきれなくなった若菜は、和室から飛び出そうとした。

志賀は若菜の腕を鷲づかみにして引き寄せ、強引に唇を塞いだ。

「ぐ……」

総身をカッと火照らせた若菜は、志賀から逃れようと胸を押しのけながら首を振った。だが、屈強な腕はさらに若菜を引き寄せた。キッと閉じられた口に舌を入れることができず、志賀は唇を舌でなぞった。

「ぐぐ……」

若菜は激しく首を振り立てた。

こんなところを健次に見られたらどんなことになるだろう……。

考えただけで恐ろしかった。

志賀は若菜が簡単に力を抜くとは思っていない。硬く閉じた唇をなぞりながら、片手で躰を引きつけておき、もう一方の手を白いスカートの裾にもぐり込ませた。

「ぐっ！」

一瞬硬直した総身が、次に、激しいあらがいを見せた。

スカートのなかはモワッとしている。薄いパンティストッキングとパンティの間に手を入れ、手の甲でパンティストッキングを膝の方にずらした。

若菜の抵抗が強まり、鼻から熱く荒い息が噴きこぼれた。激しい鼓動が志賀の胸に伝わってくる。

つるりとした感触のパンティの底はねっとりと湿っていた。だが、すぐに蜜でびっしょりと濡れるはずだ。

パンティごしに太腿のあわいをさぐった。

「ぐぐぐ」

何か言おうとする若菜の唇をグイと塞ぎなおし、薄い布ごしに右手で肉の土手を撫でまわした。やわらかそうな翳りの感触が伝わってくる。

ワレメを上下しながら中指を動かした。むずがるように若菜の尻が動いた。執拗にスリットを往復していると、パンティの湿りが増してきた。

肉饅頭のあわいにさらに強く指を押しつけた志賀は、パンティを膝まで引き下ろしながら若菜を布団に押し倒した。

唇が離れた。

「いやっ！　先生、いやっ！」

高校生のときから仔兎のようだった若菜の驚愕の顔は、志賀の獣性をいたく刺激した。肉茎がクイクイと反り返った。

若菜の抵抗をものともせず、スカートのファスナーを下ろしてスカートを引き下げ、パンティストッキングやパンティといっしょに、足指で踝まで下ろして抜き取った。

「いやあ！」

下半身を剝き出しにされ、外気になぶられた若菜は、鼻頭を赤くして首を振り立てた。

シルクのパンティを手にした志賀は、その縁にそって小指ほどの白いレースの花が並んでいるのを見て、いかにも清楚な若菜の下着らしいと思った。だが、ひっくり返して舟底を眺めると、ナメクジが這ったように銀色の蜜が光っている。

「若菜がこんないやらしいジュースを出すようになるとはな」

生々しい蜜の跡を若菜の目の前に差し出したあと、掌におさまるほど小さなパンティを鼻に近づけ、大きく息を吸い込んだ。オスの欲望をかき立てるクラクラする匂いが鼻孔を満たし、脳天を貫いた。

「いやあ！」

屈辱的な志賀の行為に、若菜はまた悲鳴を上げた。

「たまにはちがう男にかわいがられるのもいいものだぞ。先生のことが嫌いじゃないだろう？」

「いやっ！　嫌い！　いやっ！」

決してじっとしていない両手が邪魔でならない。志賀は若菜をひっくり返し、うしろ手にして用意していた赤い綿ロープで手首をくくった。

両手の自由をなくした不安と恐怖に、若菜は細い肩先をくねらせた。衿と袖にレースをあしらったエレガントな白いブラウスを着ているだけに、下半身だけ剝き出しになっている若菜は、全裸の女より猥褻だ。色白の肌も白いブラウスも、こんもりとした逆二等辺三角形の黒い翳りを、ことさら強調するように浮きあがらせている。

いつもしとやかで控えめだった若菜の破廉恥な姿に、志賀はますます昂ぶった。

ブラウスのボタンをはずしはじめると、若菜は首を振り立てながらすすり泣いた。

「やめて……やめて」

両手を拘束されてしまってはどう抵抗しても無駄だとわかり、若菜のすすり泣きは嗚咽《おえつ》に変わった。

若菜がしゃくるたびに胸が波打つ。早く窮屈なところから出してと、服の下で乳房が訴えているように見える。

ブラウスをひらくと、パンティと揃いの光沢のあるハーフカップのブラジャーが現れた。パンティにあしらわれているレースの白い花と同じものが、カップの上部とストラップに並んでいる。

取りはずしできるストラップとわかり、志賀はホックとストラップをはずしてブラジャーを躰から離した。

みごとな半球を描いた白い肉のふくらみが、ゴムのようにやわらかく揺れた。みずみずしいふくらみには青い血管まで薄く透けている。小さな乳首は熟れる前の木の実のような色をして、ぷっちりと立ち上がっていた。

志賀はうまそうな乳首を唇にはさんで軽くしごきたてた。

「んんん……」

泣きながら若菜は喘いだ。信じていた志賀の理不尽な行為を憎んでいるのに、乳首を愛撫する唇がやさしすぎて、いやおうなく総身に妖しい疼きがひろがっていく。

若菜は肩先をくねらせて逃れようとした。帰宅が遅くなると連絡があったものの、今にも健次が玄関をあけ、この部屋にやってくるのではないかと不安でならない。

志賀はコリッとしている乳首を唇で軽くはさんだり締めつけたりしながら、舌先でチロチロとつついた。

「んんん……いや……あう」

鼻から喘ぎが洩れた。

志賀には乳首だけしか触れられていないというのに、肉のマメさえ脈打ち、秘口もひくついている。

「あう……やめて……あう」

肩と尻をくねらせる若菜は、いつしかすすり泣くことさえ忘れ、疼きに耐えきれずに色っぽく喘ぐだけになった。

(感度がいいな。声も顔もいい。健次の奴に嫉妬したくなる……)

汗でねっとりとしてきた肌を見おろした志賀は、卵型のローターのスイッチを入れて弱めの振動にすると、唾液で濡れている乳首に押し当てた。

「あう」

はじめてのバイブだ。弱い振動とはいえ、若菜には電流が走るような刺激だった。ますます肉のマメや秘口が疼きだした。

健次に女にされて一年になるが、これほど太い物がほしいと思ったことはない。秘口に何かを押し込んでもらわなければおかしくなりそうだ。

「あはあ……いや」

足指を突っ張っては尻や肩をくねらせた。若菜は何とか気を紛らわそうとした。もどかしい疼きに首を振り立てた。

「これを入れて欲しいんじゃないか？　だったら上手に舐めるんだな」

ピンク色の太い玩具を口先に持ってきた志賀に、若菜は眉間に小さな皺を寄せてイヤイヤをした。

「そうか、だったら、つづきだ」

片方の乳首をローターで、片方を口で責めたてた。

「あう……いや……」

若菜は身をくねらせながらずり上がっていった。

3

そのとき、電話が鳴った。若菜はギョッとした。

電話は鳴りつづけている。

「彼からじゃないのか？」

志賀は襖をあけ、すぐ横のリビングに置いてあるコードレスホンを取った。

「はい……ああ、健次君か。ちょうど化粧室だ。トイレだよ」

笑みを浮かべながら和室に戻ってきた志賀に、若菜は半身を起こして太腿を硬く閉じ、肩で息をした。

「えっ？　そうか、大変だなァ。仕事の方が大切だ。いや、そんなに気にするな。帰りはタクシーになりそうなのか。早くても一時？　そうか、じゃあ、先に休んでるよ。

あ、彼女が戻ってきた。変わるよ」

コードレスホンを耳に当てられた若菜は、唇を震わせた。それを眺める志賀が、唇をゆるめて顎をしゃくった。

『もしもし……』

押し黙っている若菜に、健次の声がした。

「あ……はい」

激しい鼓動は健次に伝わっていないだろうか。若菜はのぼせそうになった。

『逃げられそうにないんだ。相手は大事な取引先の社長だからな。悪いな。こんなことになるとは思わなかった。先に寝ててくれ。先生には謝った。顔を会わせるのは朝食のときだな』

遅くなると言われ、泣きたい気持ちとホッとする気持ちが半々だった。この状況を口にすることはできない。口にしたあとの健次と志賀の行動が予想できないだけに、よけいに恐ろしい。

『先生とつもる話もあるだろうし、退屈することはないだろう？　じゃあな』

電話が切れた。

「彼に何も言わなかったということは、僕と楽しみたい、そういうことだな？　おとなしそうな顔をしていながら、若菜は案外悪女だったというわけだ。乳首をいじられてアソコもびっしょり濡れてるんだろうしな」

「そんな……」

「淫乱な女にはどんなお仕置きをしてやろうか。彼が帰宅するまで、まだたっぷりと時間があるからな」

逃げようとする若菜をまた布団に引っ張り込み、足でねっとりした太腿をグイと押し上げた。

「いやあ！」

脚がMの字になった若菜は悲鳴をほとばしらせた。

翳りを載せた肉饅頭がぱっくりと割れ、濡れた粘膜をさらけ出した。同時に、風船に空気を出し入れするように、胸と腹部が大きく波打ちはじめた。

小さめの花びらがぷっくりしているように見えるのは、乳首をいじりまわされて感じていたせいだ。まだ処女ですと言っているように初々しいピンク色の女の器官は、オスへの極上の供物だ。

とろりとした蜜液が会陰から尻のすぼまりに向かって流れている。巾着のようにキュッと閉じたうしろのつぼみが羞恥にひくついている。

「洟らしたように濡れてるじゃないか」

秘園に顔を埋めた志賀は、会陰から花びら、肉のマメに向かってペロリと舐め上げた。

「ヒッ！」

やや塩辛いぬめりを味わった志賀は、わざとピチャピチャと卑猥な音をさせながら、秘口の縁からあふれてくる蜜を味わった。

まだ風呂に入っていない若菜の秘芯には、パンティに染みついていた女の匂いの何倍もの淫臭がこもっている。さんざん乳首をいたぶられたこともあるだろう。しかし、その匂いは決して不快なものではなく、むしろ、志賀を奮い立たせる刺激的な誘惑臭だった。

「やめてっ。いやっ！」

「シャワーがまだだったな。ココが匂うぞ。ココのことを何というか知ってるか。学校じゃ、そんなことは教えなかったな」

唇をゆるめた滋賀と裏腹に、若菜は悲鳴を上げ、いっそう激しく身悶えた。白い頬だけでなく、総身が桃色に染まり、シルクのような肌に浮かんだ汗がキラキラと光っている。

ピチピチした健康的な肉の色と対照的に、若菜は眉間に皺を寄せ、薄くあけた唇を小刻みに震わせていた。唇のあわいからチラリと覗く白い歯が、いかに煽情的な表情をつくっているかに気づいていない。若菜はうしろ手にくくられたまま、美しい顔を歪めてイヤイヤと首を振りつづけた。

（こんなこと……こんな恥ずかしいこと……）

若菜はパニックにおちいった。だが、これまでのことは、ほんの序の口だった。若菜をひっくり返した志賀は、熟しかけた若妻の尻たぼを、大きく左右に割った。

「いやあ！」

上半身を起こそうとしながら、若菜は尻を振りたくった。

「うしろをさわられたことはないのか。うしろも前みたいに感じるんだぞ」

屈辱の悲鳴を上げる若菜にかまわず、志賀は硬いひくつくすぼまりに舌を這わせた。

「ヒイッ！」

まるで熱したフライパンに乗せられたように、若菜の尻が勢いよく跳ねた。すぼんだ中心を舌先でつつくたびに若菜の尻はトントンと跳ね、ヒィヒィと声をあげた。

健次にもさわられたことがない排泄器官だ。清潔にしているとはいえ、おぞましさと恥ずかしさに汗がこぼれ、皮膚はそそけだった。

だが、生あたたかい舌にこねまわされていると、やがて、ゾクゾクとする気の遠くなりそうな快感が襲ってきた。

乳首だけをいじりまわされていたとき、秘芯が脈打つようになったが、それ以上にいまは総身が疼いている。秘園のすぐ近くにあるせいだろうか。すぼまりを舐められているというのに、もっとも感じやすい肉のマメを舐められているようだ。そして、またしても秘口に太い物を頰張りたい欲求に駆られた。

「ああ……いや……変になるからやめて……はああっ……だめ……先生……やめて」

若菜の甘い喘ぎに、志賀は肉棒をひくつかせながら発奮した。

「ひょっとして、前の方よりこっちの方が感じるんじゃないのか？」

尻を持ち上げると、びしょびしょになっている秘園が丸見えになった。

「尻を落とすなよ。落としたら、このままドアの外に放り出して帰るからな。もっと尻を上げろ」

腰を落とそうとした若菜は、中途で尻を下げるのをやめた。そのままためらっていると、志賀がグイと腰を掬い上げた。

「うしろを舐められるだけで感じるってことは、中に指を入れるともっと感じるということだ。だけど、中をきれいにしてからでないとまずいな」

「いやあ！」

クラスメートだけでなく、全校生徒の憧れの的だった志賀の破廉恥な言動を、若菜は悪い夢だと思いたかった。

尻を落として逃げようとしたが、志賀はうつぶせの若菜に馬乗りになった。鞄を引き寄せ、イチジク浣腸を取り出すと、ひくつくすぼまりに突き刺した。

「ヒッ」

排泄器官に細いくちばしが入り込んだだけで、若菜の皮膚が粟だった。

たかが三十ＣＣとはいえ、五十％グリセリン溶液の威力は強烈だ。すぐに若菜は腹痛と排泄の危機にあぶら汗を浮かべた。そして、酸素をむさぼるように荒い呼吸をはじめた。

「ああう、解いて……おトイレに行かせて……ください……お願い」

「浣腸は好きになりそうか？」

志賀はゆとりのある笑みを浮かべて尋ねた。だが、気を抜けば排泄してしまいそうなせっぱ詰まった状況に、若菜にはそれにこたえる余裕はなかった。

「先生の自由にしてくださいと言えるなら、トイレに連れて行ってやろう」

若菜は苦しげな息をしながらイヤイヤをした。健次という夫がありながら、そんなことを口にできるはずがない。

「いやなら、ここでするんだな。彼が戻ってきたら、腹をこわした若菜が布団を敷いたとたんに洩らしたと言ってやろう」

志賀の言葉にも、迫ってくる排泄の危機にも気が遠くなりそうだ。何か言葉を出すだけで、すぼまりがひらいてしまいそうだ。煮えたぎっている頭で、若菜は失態を晒すことだけはできないと思った。

「あう……おトイレに……」

排泄をこらえるために若菜は前かがみになり、太腿をくっつけて不格好に立っていた。こめかみから水を浴びたような汗がしたたり落ちた。

志賀は襖の前に立ちはだかっている。廊下に出ることができない。

「私を……私を先生の……」

ついにそこまで口にした若菜だが、そのあとは言えなかった。

志賀は動かない。

若菜は大きく肩を喘がせた
「先生の……先生の自由にしてください……だから……早く解いて」

言ってはならないことを口にしたために、気が抜けてしまいそうだ。

「トイレに連れて行ってやるとは言ったが、解いてやるとは言わなかったはずだ。どうせ、このままじゃ尻を拭けないじゃないか。ひとりで入ってどうするつもりだ」

「いやあ！」

これまでになく大きな悲鳴が若菜の喉からほとばしった。

4

他人の前で排泄するというあまりの屈辱に、若菜は口を半びらきにしていた。魂を抜き取られたようだ。

滋賀は若菜を風呂場に連れて行くと、残り少ないシャンプーのボトルを空にしてぬるま湯を入れ、浣腸器がわりに使った。三度ばかりトイレと風呂場を往復させて直腸内をすすいだ。

たった一枚身につけているブラウスを脱がせるためにいったんいましめを解いたが、シャワーで汗を流してやったあと、再度、うしろ手にくくった。

「かわいい顔をしてるんだ。腸の中まできれいにしておかないとな。これでうしろに指を入れられる」

茫然としていた若菜は徐々に自分を取り戻し、あまりの屈辱に身悶え、すすり泣いた。

「どうした。そんなに恥ずかしかったか。赤ちゃんの若菜がお母さんにオムツを替えてもらったと思えばいい。そのかわいい口で、自由にしてくださいと言ってくれたんだ。何でもしてやる。若菜は高校生のときから誰よりもかわいい生徒だった。だからこんなことをしたくなるんだ。若菜が人の奥さんになってからも、毎日のように若菜のことを考えていたんだぞ。うんと恥ずかしいことをするのは、好きだからだ」

自分にも妻がいて、若菜の結婚式のときには祝辞まで読んでおきながら、志賀は理不尽なことを言った。だが、これまでの行為があまりに嗜虐的だっただけに、それまでとちがうやさしい口調は、凍りついた若菜の心をほんのりとあたためた。

若菜の知っている志賀は、いつも紳士的でやさしかった。相手のことを考えない行為をするような男ではなかった。

「恥ずかしいことをしないで……くくったりしないで……約束して、先生……」

鞭と飴。若菜はそれさえ計算された策略だと知らず、素直に甘えた声を出しながらピンク色に染まった鼻をすすりあげた。

「そんな顔を見ると恥ずかしいことをしたくなるんだ。持ってきたプレゼントを全部使ってやらないといけないな」

首を振り立てながらあとずさっていく若菜を、志賀はわざとゆっくりと追った。恐怖に歪む若菜の顔を見ているとゾクゾクする。椀型の乳房が気持ちよく揺れた。

「前だけでなく、アヌスまで舐められたんだ。これ以上、何を恥ずかしいことがあるんだ」

身をよじらせる若菜をひょいと抱き上げて和室に戻り、布団にころがした。

「これはヴァギナ用。これはアヌス用。鞄の中には、プレゼントはできないが若菜のためにと、まだほかにもいろいろ持ってきたんだぞ」

花壺の奥を見るスペキュラムや尿道カテーテル、肉のマメを吸い上げるスポイトなどを見せながら説明していると、若菜は嵐の海で煽られる小舟のように激しく喘いだ。

「自由にしてくださいと言ってくれたんだ。先生は嬉しいぞ」

「いやっ。やめて！」

「おとなしくしてくれれば彼が戻る前に自由にしてやろう。そうじゃなければ、彼が戻ってきてもこのままだ」

志賀は健次を恐れていない。ことを穏便にすますには言いなりになるしかない。若菜は抵抗をやめた。

志賀はエラの張った太いバイブを手に取った。側面に細い枝がついているものだ。

「まずはこれをナメナメしてもらおうか。若菜のかわいいところに入るんだからな」

グロテスクな玩具を押しつけられ、若菜の唇は不自然に強ばったあと震えた。

「彼のものを咥えるときのようにおしゃぶりすればいいんだ。おしゃぶりできないなら、先生がまた若菜のアソコをしゃぶることになるぞ」

若菜は慌ててバイブに舌を這わせた。

ウブなフェラチオだ。だが、それがいい。しばらく稚拙な動きを眺めた志賀は、硬く閉じている太腿をこじあけ、唾液にまぶされたピンク色のバイブを押し込んだ。

「んん……あう……」

肉のヒダをいっぱいに押しひろげて沈んでいくバイブに、若菜は大きく口をあけた。秘口が裂けるのではないかと恐ろしさに息苦しかった。

スイッチが入ると、ブーンと低い振動音と同時に、肉柱がぐねぐねと動き出した。肉のマメに当たっていた小枝も、細かい振動をはじめた。すると、生まれて初めて体験する妖しく強烈な刺激に、若菜はヒッと声を上げ、たちまち絶頂を迎えて打ち震えた。

「ヒイイッ！　くうっ！」

そのまま玩具を押し込んでいると、若菜は次々とエクスタシーを迎えて電気じかけの人形のように痙攣した。若菜がずり上がっていくだけ、志賀はバイブをずらした。

若菜は喉が裂けそうな声を上げながら、狂ったように悶えて痙攣した。

バイブを抜くと、秘園は小水を洩らしたようにベトベトになっていた。

ぐったりしている若菜をひっくり返し、滋賀はアヌスクリームをすぼまりの内側にまで塗り込めた。気力を使い果たしたのか、尻たぼは軽く跳ねただけだった。

指のように細いアヌス用のバイブをそろそろと挿入していった。それから、ゆっくりと出し入れした。

「ううん……いやあ……だめェ……」

あらがう力をなくした若菜は、色っぽい喘ぎを洩らしながら、たまらないというように、ツンと盛り上がった形のいい尻をくねらせた。

志賀は若菜のいましめを解いた。だが、若菜は逃げようとしない。志賀はうしろのすぼまりをさんざんいじりまわしたあと、若菜の顔をまたいだ。

軽く開いている口に強引に肉茎をねじ込み、腰を浮き沈みさせた。そうして喉の奥に白濁液をほとばしらせたあと、また全身をいじりまわした。

午前零時ともなると、シーツには大きな丸いシミがいくつもひろがっていた。

（残念だが、そろそろタイムリミットだな……）

最終戦だと思うと、やわらかく熱い花壺に屹立を挿入するのも感慨深かった。

「ああう……もうだめ……先生……あはあ……」

若菜は最初のような強烈なエクスタシーではなく、夢の世界をさまよっているような気怠い快感に身を浸していた。健次のことも脳裏から消えていた。


「案じるほどのことはなかったじゃないか。臆病すぎたんだな」

健次の会社に電話をかけた志賀は、若菜の切なそうな顔と喘ぎ声を思い出していた。

『先生にはわからないでしょうが、上役の娘を女房にすれば臆病にもなりますよ。離婚にでもなったら僕の立場じゃ、目も当てられなくなりますからね。上役の娘といっしょになったからといって、いいことばかりとは限りませんよ。とはいえ、僕は若菜に満足していますが』

「妬けるね」

『それはこちらの言葉です。先生に破廉恥なことをされて濡れている若菜をビデオで見たら、歯ぎしりしたいほど妬けましたよ。でも、正直言って、これまでになく興奮しました。先生には感謝します』

ときおり出張がある健次は、若菜と結婚して半年ほどたったとき、関西に出向き、有名なSMクラブで偶然、志賀と顔を合わせた。互いに飛び上がるほど驚いたが、同じ性癖を持っていることを知ると、ときおり電話で話すようになった。

若菜とどうしてもアブノーマルな行為をしたい。日に日にその欲求の昂まってきた健次は志賀と計画を練り、出張にかこつけて泊まってもらい、若菜との破廉恥な行為を隠し撮りすることにした。そのビデオを脅しに、今後、好きなプレイをしようというわけだ。

あの夜、あちこちのスナックで時間を潰し、志賀と申し合わせたとおりの時間に帰宅すると、若菜は寝息をたてていた。だが、健次には狸寝入りだとすぐにわかった。

翌朝、平静を装って三人で食事をしたあと出社した。そして、いつもより早い時間に帰宅した健次は、ビデオのことを口にする前に、さりげなくバイブを出してみた。たちまち若菜の耳たぶは真っ赤になった。だが、イヤとは言わなかった。志賀との行為を隠しているうしろめたさに、健次の欲求を拒めないのだとわかった。そして、けっこう志賀の責めが気にいったのではないかという気もした。

それから、健次は少しずつ変態プレイの範囲をひろげた。若菜はプレイの道具を見ただけで濡れるようになった。アヌスを舐めまわすと、それだけで気をやるようにもなった。

「また責めてみたい。今度はふたりでいっしょにどうだ」

志賀の要望を拒もうとした健次は、ふたりで責めるのも面白いかもしれないと思いなおした。

『すぐはだめです。まだまだふたりきりで楽しみたいですからね』

「ということは、そのうちにということだな」

『ええ、そのうちに』

電話を切った健次は、今夜はどういうふうに若菜を責めようかと考えた。すると、たちまち股間が熱くなり、もっこりと肉棒が立ち上がってきた。

倒錯愛　母乳の味

——安達瑶

安達瑶
（あだち・よう）

「SFからSMまで」を標榜し、官能を中心にジャンルを超えて活動する男女合作作家。1994年デビュー。近作は『悪漢刑事』（祥伝社文庫）、『いけにえ人形』（ベスト時代文庫）、『お・し・お・き』（徳間文庫）など。
http://homepage2.nifty.com/adachiyo/

＊初掲載時のタイトル「倒錯姦　母乳の味」を改題

1

「器を下げに来ました」

陰気な声がインターホンから流れた。近所の食堂の出前持ちの声だ。

今日はなんだか早いと思いながら、美里《みさと》は一階エントランスのオートロックを解除し、急いで丼物の器をざっと洗った。

午後のけだるい太陽を背に、ポーチには暗い顔をした少年が立っていた。

「いつもご苦労様」

器を差し出す美里はこの上なく魅力的だ。躰にぴったり貼りついた丈の短いTシャツが、モデルのような抜群のスタイルを強調している。ジーンズのウエストとの間から、白い肌が見えそうでいて見えない。

全体に華奢な感じのボディに、むっちりと豊かに膨らんだ胸。ショートカットのせいか少女の面影が残っている顔と、この成熟した躰がなんともアンバランスだ。

これでも一児の母親か……。

出前持ちの少年、三郎《さぶろう》は上目遣いに美里の全身を舐め回すように見たかと思うと、いきなり両手で彼女の肩を摑み、玄関の中に押し入ってきた。

相手に声を上げる余裕も与えず、三郎は後ろ手にドアを締めガチャリと鍵をかけると、もう一度ドンと彼女の肩を強く突いた。

玄関の床に仰向けに転がった彼女の上に三郎はのしかかり、強引に唇を求めた。

「い、いや。止めて。何をするの！」

必死になってキスを拒む美里の頰に、スイス製の万能《ヴィクトリノックス》ナイフが押し当てられた。

「声を出すな。おれはやることとやらないと帰らないからな。全部わかってるんだ。うまくやりたいなら、黙って言うことをきけよ」

いつも出前を持って来る少年とは思えない目つきに凄味があった。

「全部わかってるって、なにをよ……私、何もしてないのに……」

結婚して一年が過ぎていた。子供が生まれたばかりの美里に、隠すことなど何もなかった。

「わかってるのさ。あんたのダンナが凄く嫉妬深いってことをさ」

三郎はナイフを使って彼女のブランド物のTシャツを切り裂いていった。白いブラが彼の目前に露出した。

「ずっと、ずっと思ってたんだ……あんたとヤリたいって……」

彼は美里の上半身をブラだけにすると、次にはジーンズのジッパーに手を掛けた。

郊外のニュータウンに建てられたこのマンションは、見た目は高級だが美里のような主婦には住みづらい。車がある生活を前提にしているのか、歩いて行ける場所には店がなく、初産で慣れない乳飲み子の世話に忙殺されている美里は、買い物に出たり昼食を作ったりする気力がどうしても出ず、出前に頼ることが多かった。

ふだんの三郎は陰気な少年ではあるが、特に変わったところはなかった。しかしだんだんと彼女を見つめる時間が長くなり、その目つきにも、ねっとりとまとわりつくような気味の悪さを感じはじめていたところだった。

しかし、この界隈では一人前でも出前をしてくれる店は、今彼女を襲っている三郎の店しかなかった。

「仕方ないだろ。頼んでも抱かしてくれるはずないし、そんな女じゃ逆に嫌だしな」

三郎は憑《つ》かれたようにつぶやきながら、彼女のジーンズを膝までずり降ろした。

引き締まった肢体は出産しても変わらず、美里はまるで少女のように美しい。むしろ母親になったホルモンの変化のせいか肌の潤いは増し、華奢な躰にも適度な肉がついて、より魅惑的になっていた。

涼しげな目とすっと通った鼻筋はノーブルで、人妻だというのに処女の清純さと潔癖さを醸し出している。ショートカットにした髪がおとなしそうな外見に快活な印象を与えて、三郎ならずとも虜《とりこ》になってしまいそうだ。清純な白の上下のランジェリーも、三郎が前から想像していた通りだった。

「嫉妬深い男って理屈じゃないんだ。無理やり強姦されたって言っても、あんたのダンナは許さないよ。顔にデカい傷が残ればなおさらだろう」

三郎はナイフの刃をぴたりと美里の頬に当て、手前に引く真似をした。

「だから、言うことをきけ。そうすりゃ俺も黙っててやるからよ」

二十四歳。勤めていた会社の二代目である御曹司に見初められて手にした玉《たま》の輿《こし》結婚だった。育った環境の違う同士の結婚でそれなりの気苦労はあるが、美里は世間的には恵まれた今の生活を失いたくはなかった。それに、何よりも今は子供がいる。

三郎は、ブラのカップとカップの間にナイフを入れた。ぷちんと音がすると、彼女の豊かな乳房がまろび出た。子どもを産んでさらに大きさを増し、真っ白な肌にうっすらと浮かぶ青い静脈がたまらなくエロティックだ。

「なんだよ……パットなんか入れて水増ししてたのか」

「これは……お乳が滲《にじ》んでくるから……」

その時、奥の寝室に寝かせてあった子供の泣き声がした。

「子供には手を出さないでっ！」

美里は反射的に叫んだ。

三郎は、ニヤリと笑うと寝室に入り、泣き叫ぶ乳児を抱いて戻ってきた。

「ガキを解剖する趣味はないよ。あんたが言うことをきけば、の話だけど」

彼はナイフの先端を、赤ん坊の柔らかな頬に当てた。

「いやいやいや！　絶対に止めてっ！」

美里は半狂乱になって子供を奪い返そうとしたが、ナイフが光るのを見て全身を凝固させた。

これは効果があると踏んだ三郎は、なおも赤ん坊にナイフを突きつけて言った。

「ストリップをしてくれよ。奥さんの裸、一度じっくりと見たかったんだ」

社長ジュニアの妻である私が、どうしてそんな惨めなことを……。

彼女には次期社長夫人という、絶え間ないプレッシャーがあった。こんな出前持ちの男の子に、そんな姿を見せたら……もうこの家の嫁ではいられなくなるのではないか、と激しい恐怖を感じた。けれども、子供の命には代えられない……。

美里は震えながら、パンティに手を掛けた。

「待てよ。ストリップをしろといったんだ。いきなり脱ぐのは芸がないだろ。腰をくねらせながら、パンツをケツに食い込ませてとか、いろいろやれよ！」

三郎は苛立って言った。

美里はジーンズを足首から抜き、ぎこちなく腰を左右に動かしつつ、懸命にパンティの縁を引っ張り、ヒップのあわせ目に挟みこむようにして、尻たぶを丸出しにした。Tバックなど穿いたこともない美里にとっては、もう、それだけでもひどい屈辱に感じられた。

「ほら、もっとケツ振れよ。腰をぐるぐる回せよ。男をその気にさせろって……」

きゅっと持ち上がったヒップはジーンズがよく似合う美尻だ。しかも引き締まった腰のくびれから下半身に続く曲線は優美なだけに、質素なパンティを無理やりTバックにすると、いっそう被虐的な色気がむんむんと立ち昇ってくるようだ。

「金持ちマンションの奥さんがよ、まさかこんなにイヤらしく食い込ませてよ、ケツたぶ丸出しにしてるとは、誰も思わないだろうな」

美里は、情けなさに涙がこみ上げた。

「よし。じゃ、次はパンツを降ろせ。このガキが出てきた場所をじっくり拝ませろ」

「……子供を傷つけたら許さないわよ」

美里は必死に三郎を睨みつけてパンティを降ろしていった。嫉妬深いが性的に淡白な夫には、こんな姿を見せたことは一度もない。それなのに、こんな少年に——と思うと屈辱感が胸をつらぬいた。

濃い目の恥毛が現れた。

「イヤらしい生え具合だな……じゃあ、自分でそこをいじって見せろ」

そんな……そんなことまで……美里は羞恥のあまり、気が狂いそうだった。

「イヤならいいんだぜ。このガキの頬っぺたをちょいと突ついてやるまでさ」

赤ん坊は泣き疲れたのか、泣きやんでいたが、むずかってまた今にも泣きだしそうだ。何をするかわからないこの男がカッとなったら……。

若い母親は唇を噛み、翳りの中に指先を入れ、秘裂に没入させた。こんな時なのに、肉芽に指先が触れると、ひりっとするような電気が走った。

三郎はなおも恥ずかしい行為を要求した。

美里は、指先で秘唇を左右に広げ両脚も広げて、股間を露わにする。

その上、三郎は後ろ向きになって尻を突き出せと命じた。

「ひっひっひ……奥さんがこんな恥ずかしいことをするとはねえ……まあ、専業主婦のくせに昼は出前で済ます、あんたのような女には丁度いいや」

ああ、と美里は合点がいった。この男は、私が出前を贅沢だと感じ、とんでもない手抜き主婦だと思って、反感と劣情を募らせていたのだろう。

「出前に来るたびにさ、あんたを見て、いい女だなって思ってたんだ。それに、あんたは強姦されても仕方のない、いい加減な女じゃないか……」

三郎の口調は、憎悪に満ちていた。

「おふくろがいつも言ってた。出前なんてもんは特別な時にだけ取るもんだってな。あんたは、金持ちなのをハナにかけたヤな女なんだよ。ソトミはきれいでオッパイもデカいけど、中身は薄汚いんだ」

育ちが貧しいからか、妙な偏見に凝り固まったこの男に、育児の大変さを伝えるのは不可能だと美里は思った。本当のお金持ちなら、メイドくらい雇うだろうに……。

「次は、オナニーして見せな。ケツダンスをやったんだ。ついでに自分を慰めるところも俺に見せてくれよ」

いくら秘部まで晒したとはいえ、オナニーまでさせられるとは……。

「そ、そんなはしたない真似、できません」

「じゃあいいんだな、ガキがどうなっても」

彼女自身、分不相応な生活をしていると感じている。だから、出前を受け取る時もオドオドした態度になっていたのだろう。この男は、そんな女だから組みやすしと思ったのかもしれない。事態は美里にとって、最悪といえる方向に向かっていた。

2

大きく息を吸い込むと、彼女は秘裂に指を差し入れ、乳房に手を添えた。そういう真似さえすれば満足なんだろう……。

「おい、本気でやれ。おれを馬鹿にするな！」

イラ立ちを増した声が美里を打った。

しかし、美里は自ら慰めたことはないのだ。夫が初めての男だし（処女であることが高く評価された）、肉体的にはオクテだ。結婚してからも夫に求められるだけの夫婦生活だった。物足りなくて秘処に手が延びるということもまったくなかったのだ。

「いつもヤッてるようにやれよ。ほら、アソコをいじってみせろ……こうしてさ」

男は美里の右手の指を取り、秘唇の奥に潜んでいる肉芽に強引に触れさせた。ちょっと触っただけなのに、禁断の感覚を発した場所から、鋭い快感が立ち昇った。

オクテで性的な関心が薄いとはいえ、充分に成熟し、出産も経た二十四歳の女体だ。同指先で無理やり転がされていた肉芽は、やがて充血し、ぷっくりと膨らんできた。

時に、痛みのような鋭い感覚だったものが、次第にまろやかにうねりだし、躰の奥を流れはじめた。

恐怖と羞恥のために蒼ざめていた顔に、うっすらと赤みが差してきた。

「奥さん。気分が出てきたんじゃないのか。なんかこう、躰がイヤらしくなったぜ」

たしかに、全身も熱く火照ってきたような気がする。しかし、それは彼女にとって、けっしてあってはならないことだ。美里は、夫以外の男に悦びを見せてはいけないと固く思っていた。

三郎が、もっと脚を広げて秘部を見せろ、と言おうとした時、子供が再びむずかり出した。いくら揺すってもおとなしくならない。

「こいつ、オッパイ欲しいんじゃないか……そうだ。あんた、お乳を搾り出すところを見せてくれよ。いくら美人でも、女はただのメスだって証拠を見せろ」

美里は全身を火照らせ屈辱に涙ぐみながら、右の乳房を両手で握り締めた。あなただって、これを飲んで大きくなったんでしょう、と言いたい気持ちを抑えつつ、乳房に添えた手に力をこめた。

白い乳房の先端の、紅くふくらんだ乳首に、みるみる丸いしずくが盛り上がった。それはたちまち白い流れとなってほとばしった。

「はっはっは！　俺の憧れの奥さんも、これじゃあタダの牝牛とおんなじだな！」

男は面白がって子供を床に置いた。哀れな母親の両の乳房を摑み上げ、その両方から、白い乳汁をなおも飛び散らせた。

白い乳房の膨らみの頂点で、ルビーのような色を見せている乳首は淫らで、豆の部分が大きめだ。いかにも赤ん坊が吸いやすそうな乳首だが、三郎が乱暴に搾りあげるままに、まるで破損した水道管のように、衰えることなく母乳を噴出させ続けた。

「はっはっは！　乳搾りだ！　お前はオッパイ製造機だな！」

床に置かれた赤ん坊が、火がついたように泣きだした。お腹がすいていたのかもしれなかった。すると何を思ったか、三郎は赤ん坊を抱き上げ、美里に突きつけた。

「ガキに吸わせてみろ」

美里はためらった。この男の前で、我が子に乳房を含ませることには、強い抵抗があった。神聖であるべき母子の絆を、ひどく汚されてしまいそうな予感がするのだ。

それに……赤ん坊に乳房を強く吸われると気持ちよくなってしまう。胸だけではなく、子宮がきゅうっと収縮するような快感があることを美里は知っている。授乳は、いつもうっとりするような至福のひとときだった。

その汚れのない無垢な歓びが、男に強制オナニーをさせられて、秘所に今感じている淫らな火照りと結びついてしまったら……。

「どうしたんだ。あんた母親だろう?」

三郎は子供の顔を美里の乳首にくっつけた。何も知らない乳飲み子は、初め、いやいやをするように頭を揺すったが、本能的に乳首を探り当てると、すぐに無心に吸いはじめた。

果たして、いつもより数倍も激しく鋭い快感が乳首から子宮に走り、秘奥がじゅん、と疼き濡れるのを感じて、美里は狼狽した。

「うまそうだな。おい、オレにも吸わせろよ」

三郎が空いているほうの乳首にかぶりついた。乳首から恥ずかしい部分に走る刺激が倍になった。

三郎は音を立てて美里の母乳を吸いながら、片手を彼女の股間に滑らせ、驚いたように言った。

「あんたのここ、じゅくじゅくだぜ。さっきは全然濡れてなかったのに。さては……ガキに吸わせながらいつも独りでヤッてるんだな? なあおい、そうなんだろ?」

自分の言葉に昂奮したかのように三郎はなおも激しく乳房を吸いたて、美里の秘芽を指でこすりあげた。

「あっ、あっ……やめてください！　子供の前で、そんなことしないで！」

しかし美里の息遣いも、激しく、荒くなっている。今にも快感の渦に呑みこまれてしまいそうだ。

母親の躰の変化も知らずに、やがて満腹した子供は眠りに落ちた。三郎は再び子供をリビングの床に寝かせると、ナイフを美里の頬に戻して命令した。

「ガキにしゃぶらせた次は、俺のをしゃぶれ。俺のミルクを飲ませてやる」

立ったままの三郎の足元に膝をついた美里は、彼のジーンズと下着を降ろすと、怒張しきって太い血管をのたくらせている男の陰茎におずおずと指を添えた。

「ダンナが知ったら怒るだろうなあ。え？　でも、あんたは俺のモノをしゃぶらなきゃいけないんだ」

三郎はにやにや笑い、腰をせり出した。憧れていた年上の女を思うままにする快感に、酔いはじめていた。たしかに夫は激怒するだろう。こちらは完全な被害者なのに……このことが明るみに出れば、離婚されてしまうかもしれない。

美里はためらいながら少年の怒張に顔を近づけた。反りを打ったその先端からは、透明な液が糸を引き、フローリングの床に滴っている。限りなくおぞましいと思いつつ、美里はそれを口に咥えた。汗と小便の味がしたが、ほどなく、苦みのあるとろっとした先走り液の味がそれにとって代わった。

実は、美里にはフェラチオの経験がなかった。潔癖性の夫は妻がそういうことをするのを望まなかったし、彼女自身オーラルセックスに抵抗があったからだ。しかし拒否することはできない。

美里は美容院に置いてあったレディコミから得た知識を総動員して、ぺちゃぺちゃという音を立てて怒張に舌を這わせ、唇で上下にしごいた。

中腰になった彼女の美麗なヒップが左右にくねくねと蠢き、それにつられて形のいい乳房も揺さぶられるのが、なんとも煽情的で卑猥だ。まるで男を誘うかのように、四つの丘が妖しく揺らめいているのだ。

「カネ溜めてさ、ヘルス行ったよ。これと同じことをしてくれた。同じ格好で……」

少年の肉茎は完全に屹立した。夫のものより立派かもしれないそれは、美里の舌先が先端に絡んで滑るだけで、ひくひくと敏感に反応した。唇をすぼめてサオをしごくと、必死になって爆発を堪える顔つきになった。ほとんど経験がないのだろう。

「いい。もういいっ！」

彼は暴発するのを恐れて美里の口から怒張を引き抜こうとしたが、亀頭が唇を通過しようとして触れた瞬間、口中にどくどくとぶちまけてしまった。

「くそ……一発損した」

それじゃあ、と彼は美里の髪を掴むと、猛然とピストンさせ、最後の一滴まで搾り出させようとした。

「飲み込めよ。口から出したら、ひどいぞ」

熱くて生臭い匂いの、とろみのある液体が、彼女の口の中一杯に溢れた。

ナイフは彼女の頬に当たっている。顔に傷がついては、夫にわかってしまう。

美里は、吐き気と戦いながら、必死になって男の淫液を飲み下した。

「奥さん。唇の端に俺のザーメンが付いてるぜ。好物のナニを舐め過ぎた感じだな」

三郎が、精液を美里の顔中に塗り広げた。

「顔射できなかったから、その代わりだ」

美里は顔を覆って泣きはじめた。どうして私が、何もしていないのに、こんなアルバイトの子供に恥辱を受けなければならないのか。

「まあ泣くなって。涙を見せれば許してもらえるなんて思うのか？　甘いんだよ」

三郎は彼女の手を外させ、その可憐な唇にキスをした。舌を入れてこようとしたが、美里は歯を食いしばって口を開けなかった。

「ちくしょう、嫌でも大口開かせてやるぜ」

彼は再び若妻の肩を突いて床に倒した。

3

午後の光が、美里の裸身を包み込み、あますところなく照らし出した。

均整の取れた躰には、出産の影響はないようだった。大きな乳房はさすがに多少垂れ気味だが形の美しさを保っていて、仰向けになっても崩れることはない。下腹部もきれいに締まって、白い肌に濃い翳りが対照的に映えて見える。

彼は思わず、美里の内腿を抱きしめて頬ずりをした。その感触は温かく滑らかで、女の躰の素晴らしさを感じさせた。

若妻の敏感な内腿はひくひくと反応したが、三郎はかまわず左右に大きく開かせた。

女の躰自体が珍しい三郎は、顔をゆっくりと股間に移し、両手を使って秘唇を左右に大きく広げて見た。

「み、見ないでっ!」

三郎の荒い息が秘部にかかって、美里はおぞましさのあまり全身に鳥肌が立った。

しかし三郎は、美里の反応を面白がって、わざと指を使って秘唇を弄《いじ》りまくった。

「ホントに貝に似てるなあ女のアソコって。こんなに濡れて……感じるんだろ？」

三郎は秘唇を指で摘んで擦りあげるだけでは満足せず、内側にまで指を差し入れてきた。

濡れそぼった秘腔は温かく、そして柔らかだった。子供を産んだというのに、新鮮なマグロの赤身のようなピンク色で、男を狂わせる魔性が棲んでいるように見えた。

美里は、堪えがたい屈辱に苛《さいな》まれていた。最も恥ずかしい部分を間近に見つめられ、指で弄《もてあそ》ばれている。じわじわと嬲るくらいなら、いっそ一気に犯してほしい。

「おい、下の口から白いヨダレが出てきたぜ……これ、本気汁って言うんだってな」

三郎は女陰を弄《いじ》るのが愉しいらしく、指を奥深くまで差し入れて、中の果肉をなぞりあげる。その反復運動は、おぞましいことに、若い母親の官能に火をつけてしまったらしかった。

「あああっ！　ひいっ！」

美里は声をあげた。偶然に、三郎の指がＧスポットに命中し、捏《こ》ねあげたからだ。夫のセックスは実に淡白で、念入りな前戯はない。花芯に指を入れることさえない。だから、このＧスポットへの欲情を煽るようなタッチは生まれて初めてのものだった。

「い、いやあっ！　止めて。やめなさい」

重い鈍痛のような感覚が下腹部に広がってきた。快感のようでもあり痛みのようでもある。が、躰の中心から疼きが走るようで、彼女の腰はいつしかうねうねと蠢きはじめていた。

「いやあっ、駄目っ……これ以上そこを触らないで、お、お願い……」

理性が壊れてゆくような感覚が美里の全身に広がりつつあった。

鈍痛はやがて、尿意に変わった。男に局部を弄られて、小水が出そうになったのだ。失禁するところを見られるのは耐えられない。

「ト、トイレに行かせて」

「オシッコが出そうなのか。お上品な奥様は、オシッコって言えないんだな」

三郎はにやにやするだけで指の動きを止めようとはしない。

「ここで出せよ。女が小便洩らすの、一度、見てみたいんだ」

「ああ、お願い。どうして私をそんなにいじめるの？ 私が何をしたって言うの？」

が、尿意は容赦なく迫ってきて、ついに決壊したように感じた。排泄に似た感覚だった。

その時、いきなり躰がふわっと軽くなり、芯から弾ける感覚に襲われた。なんともいえない甘美で熱いものが全身を溶かすような……。

「おおっ、すげえ！　あんた、潮を吹いたぜ」

三郎は目を丸くして、さらさらした液体がほとばしるのを見つめた。

美里は、彼に指を入れられ背中を弓なりに反らせたまま、絶頂に達してしまったのだ。Gスポットのアクメはいきなり訪れて、しかも激しいのが特徴だ。

美里はしばらく全身をがくがくと痙攣させ続けた。三郎は、心臓マヒが起こったのかと一瞬青くなった。しかしその後、美里はぐったりと力を抜いて、ふーっと大きな息をした。

生まれて初めてのオーガズムだった。

美里は、オナニーをしたことはないし、セックスでもイッたことがなかった。自分は一生このままなのだろうと思っていたのに、それがこともあろうに、こんな暴漢を相手に……。

「あんた、意外にスキモノだったりしてな」

三郎は局部から指を抜くと、愛液にまみれた手を美里の白い下腹部に擦りつけた。

「クンニというのをやろうと思ってたんだけど、もう我慢できねえや」

彼は再び屹立した肉棒を、今や濡れそぼり、充血しきった美里の秘腔にあてがうと、ぐっと体重をかけた。

アクメの余韻が濃厚に残り、たっぷりと潤っている女芯は、彼のモノをすんなりと呑みこみ、一気に根元まで迎え入れた。

「はあっ」

出してはならない声を、美里は発してしまった。三郎の亀頭が膣口を襲い、奥深くを侵してくる感覚に、電気が走ってしまったのだ。秘部から背筋を駆け上がったその快感は、脳天で炸裂した。

「いいか？　俺のがそんなにいいのか？」

自分の中で異物が蠢いている感触に、美里はどうしようもなく高揚していくのを抑えられない。

子供を産んだせいなのだろうか？　女の躰は出産で完全に成熟すると言うが……。

「うっ。あううううっ……」

声を出すまい、感じていることを悟られまいと、必死に堪えたのだが、無駄だった。女芯から波のように広がる、この上なく甘美な快感が、今や美里の全身を襲っていた。

押し入った男のモノは彼女の果肉を目一杯引き攣《っ》らせて肉襞のすべてを奥へねじ入れ、腰を引くときは全体を外に引きずり出すかのように揺さぶりをかけてくる。

めくるめく快楽に溺れはじめた美里の目は霞み、感覚がすべて股間に集中していくのをどうしようもなかった。

実は女性経験のほとんどない三郎は、彼女の肉襞のあまりの具合のよさに驚嘆し、我を忘れていた。抽送すればするほど調子がよくなっていくのだ。襞が熱を持ち勢いづいて、ゆらめく海藻のように亀頭に絡みついて来る。柔肉も、時に堅く時にやんわりと肉棒を締めつけてくる。

「くそっ。で、出そうだ……あんたのココ、最高だな……ダンナが羨ましいぜ」

その時、電話が鳴った。

4

三郎は中断されたくなかった。このまま疾走してフィニッシュを決めたかった。

「主人だわ。毎日この時間に電話してくるの。出ないと怪しむわ」

仕方ない、と彼は躰を離した。

美里はよろよろと立ち上がって電話を取った。

やはり相手は夫だった。

「はい。ちょっと疲れて寝てたものですから……別に変わったことはないです。……

あ、今夜は遅くなるんですか？」

　三郎は、なんだか夫婦の仲のよさを見せつけられたような気がして、むらむらと嫉妬心がこみあげてきた。

　彼は電話している美里の尻を、いきなり両手で掴んで突き出させると、後ろから一気に秘腔を貫いた。

「ひっ！」

　予期せぬ挿入に、美里は悲鳴を上げた。

『どうした！　何かあったのか？』

　電話の向こうの夫は妻の悲鳴を聞いて驚いた様子だ。

「い……いいえ、別になんでもないの。タカシが急にむずかって……はあああっ」

　三郎が腰を動かし、妖しくグラインドさせたのだ。彼は腰を使いながら両手を前に回してきて、乳首と秘芽を責めはじめた。

　その三点攻撃は、美里を容赦なく追い詰めていった。

「い、いえ……ちょっと体調が悪くて、ごめんなさい……あうっ！」

　後先を考えない三郎はこの責めが気に入ってしまった。夫からの電話を受ける全裸の人妻。しかし彼女は後ろから他の男に犯され、よがりながら話しているのだ……。

三郎はこの倒錯したシチュエーションに激しく昂奮し、美里の乳房を強く摑んだ。母乳がしゃあっと噴き出た。

三郎は美里の背中に顔をつけ、舌を背筋に這わせた。美里の躰をじんじんと電気が駆け上がり、脳天でスパークした。

「いえ、本当になんでもないです……え？　まさか。そんなドラマみたいなこと」

誰か男がいるんだな、と夫が言ったのだ。

じゃあ切ります、と美里は半ば強引に電話を置いた。これ以上話していては、隠し切れなくなってしまうだろう。

「な、何てことをしたの……夫に、夫にわかってしまうじゃないの！」

「関係ねえよ。自分でなんとか言い訳しろよ。……でも、感じたろ？」

彼は肉芽を指先でころころと転がした。

「ああ……やめて……ああっ」

美里は、躰の奥から湧き上がるうねりに抗しかねて、全身を痙攣させると、再び弓なりにのけ反った。

三郎も、強い締めつけに果てそうになるのを必死に堪えている。

美里の白い肌は、火照って真っ赤になっていた。湧きあがる官能のためか全身が汗ばみ、肌も吸いつくように濡れている。

　彼が抽送し肉芽を転がすたびに、肉襞がきゅうっと締めあがる。男根に吸いつき、絡みついてくるような、なんともいえない性感だ。

いつもの感じではない、と美里自身もわかっていた。自分のあの部分は、制御が効かずに暴走しているようだ。女芯はすべての快感を貪るように男のモノに密着し、ぬめぬめと絡んでいくのだ。

　欲情のあまり見境がなくなった三郎は、後ろから立位で交わったまま、ベランダの方に美里を押していった。

「や、や、やめて！　窓際はいや！　見られてしまう！」

　しかし快楽を追求することしか頭にない三郎は、彼女の裸身をベランダに面した窓ガラスに強く押し当て、なおも腰を使った。

「……大丈夫だよ……オレの姿は見えない。あんたが評判になるだけさ。露出狂の淫乱奥さんってな」

　ガラスに密着した彼女の裸身は、三郎の力強いピストンに合わせて引き戻されたり、強く押しつけられたりした。豊かな熟れた乳房は押し潰されてガラスに張りつき、固くなった乳首がガラスに擦れてくりくりと転がった。

愛液が付着してしおれた濃い目の恥毛もガラスに貼りつき、いやらしく揺れて、くねくねとした模様を描いている。

マンションの向かいの棟には、今のところ人影はない。しかし、誰かが見ているかもしれないと思うと、美里に異様な獣欲を惹き起こしていた。ガラスに向かって押しつけられ、激しく抽送されればされるほど、いたぶられればいたぶられるほど、女芯は燃え盛るように熱くなり、淫欲のほとばしりが本気汁となって溢れ、腿を伝い落ちた。

いきなり三郎が美里の右足を摑んで持ち上げると、恥ずかしい部分をさらけ出すとともに、さらなる深い結合をもたらした。

恥裂から白濁した淫液がとめどもなく溢れ、滑らかな両腿を伝って床に垂れ落ちていく。

浅黒い男の手が背後から延びてきて、たわわな乳房を揉みしだいた。

紅いグミのような乳首を指先で転がされた美里は、激しく背中をのけ反らせた。

感極まった美里は、思いきりよがり声をあげていた。怒張した肉棒がさらに激しく、肉襞すべてを擦り上げ搔き乱し、きつく絡みついた花芯を引きずり回した。

大きく広がった淫門からは少し濁った淫液がとめどなく染みだして恥毛をてらてら

と濡らし、妖しい艶を増している。肉芽も秘唇も嵐のような官能に充血し、今にも破裂しそうに膨らんでいる。その間を、猛り立った男の肉棒が獰猛《どうもう》に出入りしていた。

「あうっ！」

微妙な角度の変化で、美里のGスポットに剛棒の先端が命中した。今まで以上の、全身を溶かすような快楽が怒濤のように襲いかかり、尻たぶがきゅうと窄《すぼ》まった。同時に媚肉が、男根をほとんど食いちぎるかのように強烈に締め上げた。

「あ。うふう」

堪らずに下半身から力が抜けた三郎は、がっくりと全身を美里にもたれ掛からせた。その勢いで体重が一点に集まり、怒張した男のものが膣壁に激しく突き刺さった。

「ひっ」

口から男根が飛び出すのではないか、と思えるほどの衝撃があり、美里を一気に昇天させた。

「あうっ！　い、イッちゃうっ！」

いまや全身が性感帯と化した美里は、あらゆる快感を貪り尽くそうとするかのように、乳房といい下腹部といい、すべてを後ろから抱きしめる男の手に擦りつけ、よがり狂っていた。

彼は力を込めて、最後の激しい突きを猛然と食らわせた。

「きゃあ！　うわああああ」

その筆舌に尽くしがたい快感に、美里は全身を激しく痙攣させて腰を猥褻にうねらせたが、なおもピストンし続ける男の動きに、またも激しいオーガズムに襲われた。

別の生き物のようにくねくねと猥褻極まりなく動き続ける彼女の腰を固く摑んだ三郎は、ついにその中に熱いマグマを噴出させた。

美里も、陶酔に身を委ねきっている。

二人はリビングの床に重なり、倒れ伏した。

「なあ……あんた。俺と一緒にならないか」

セックスの激しい快楽で有頂天になったのか、三郎がとんでもないことを口走った。

「あんたは、物凄く乱れてイッたじゃないか。俺も気持ちよかった。ダンナよりよかったんじゃないのか？」

バカなことを言う、と美里は思った。セックスの快楽だけでこの生活を棄てられるものか。

「お断りだわ。気がすんだでしょうから、夫が帰るまでに出ていってちょうだい」

その冷たい一言が、少年を激高させた。

「出ていかないね。ダンナが帰って来るまで居すわって、それで、すべてを話してやるよ。あんたは俺のモノによがり狂ってイッちまったってな。猥褻に踊りながら俺にアソコをおっぴろげたし、オナニーもしたし……」

「やめてっ！　夫には黙ってる約束でしょう」

「あんたは離婚して、俺と一緒に暮らすんだ。だからダンナに全部話してやる！」

止めて！　と美里は逆上して二人は揉み合いになった。乳児が寝ている脇で、二人は全裸のまま床を転がりもつれ合ううちに、飾り棚に激しくぶつかった。

その最上段に飾ってあったベネチアン・グラスの大きなカップが落ちてきた。

あっと思い避けようとした時には、そのカップは棚の中段に当たって割れ、鋭利な断片と化して二人の上に落下してきた。

美里は咄嗟に避けたが、大きな断片が三郎の首の頸動脈をざっくりと切断した。

物凄い勢いで血が噴出し、三郎は、医者を呼んでくれ、と必死で首を押さえていたが、次第に意識が朦朧となっていった。

美里は立ちすくんだまま、呆然とその様子を見ていた。まだ……助かる、今すぐ救急車を呼べば。でも……でも。

三郎の顔から血の気が失せ、完全に動かなくなったことを確認した美里は、リネン棚から取ったタオルを濡らし、男の股間をきれいに拭った。

そして、警察が来るまでに自分も、きれいに躰を洗っておかなくてはならないと思いながら、彼女はようやく受話器を取った。

人妻音楽教師

――氷室洸

氷室 洸

（ひむろ・こう）

1953年奈良県生まれ。1993年に「SM秘小説」誌上でデビュー。美少年の蒼い肉体に歪んだ欲望を抱く女性を、サディスティックな風味を織り交ぜて描き、多くの読者を魅了している。代表作として『客室乗務員』（二見文庫）、『女医の童貞手術室』『お姉さまの少年アイドル養成所』『美人校医の童貞カルテ』（以上、マドンナメイト文庫）、『実母と姉　美少年飼育』（アップル・ノベルス）他がある。別名義による作品も多数。

＊初掲載時のタイトル「二度目の強制射精」を改題

1

「あ、あぁ——ん、だ、だめよ、あなた。今夜はお疲れなんでしょ」

「玲奈《れいな》、君が……たまらなく欲しくなった。なあ、いいだろ、玲奈」

夫の達也《たつや》の酒臭い息を敏感な耳朶に吹きかけられて、早乙女《さおとめ》玲奈は思わず顔をそむけた。

オレンジ色のほの暗いシェードに照らし出されたダブルベッド。

羽毛ぶとんを無雑作にめくりあげて、達也は、丈の短い、淡いピンクのネグリジェにみずみずしい美肉を包み込んでいる新妻の玲奈の体を激しく求めてきた。

結婚して三カ月余り。玲奈は、これから女の熟れ盛りをむかえようとする二十八歳。夫の達也は、玲奈より十歳年上である。

達也は商社マン、そして玲奈は高校の音楽教師。達也は職業柄、夜の帰宅も遅くなりがちで、酔っぱらって帰って来ることもしばしばであった。だが、そんな時に限って新妻の体を求めてくる。プンプンと酒臭い息でキスをされ、口と舌とで手荒く乳房と股間を愛撫され、愛撫もそこそこにして強引に挿入する。あとは、激しく腰を振って、欲望の液体を玲奈の中へ吐き出すのみである。

玲奈にしてみれば、随分と身勝手な夫のセックスであった。もっとやさしく、じっくりと時間をかけて、足のつま先から耳筋や耳朶に至るまで全身をくまなく愛撫してくれて、玲奈の気持ちの昂ぶりを気遣いながら、挿入へと進んでいってほしい。そんな濃厚で刺激的な性生活を望んでいたのである。だが、現実の夫とのセックスは、実に淡泊で、おざなりのものであった。

玲奈は決して淫乱な女ではない。どちらかといえば、性に対して奥手の方で、初体験も二十歳を過ぎた大学四年生の夏のことであった。

性に対して奥手ではあったが、体は人一倍敏感であり、最初の破瓜の痛みの中でさえ、たまらなくオルガスムスへと達したほどである。

ミニスカートがよく似合う、スレンダーな美貌の音楽教師。透きとおるように、磨かれた、きめの細かな白い肌。

玲奈は好んで、黒いタイトミニのスカートと黒いストッキング、そして胸元にこまやかなフリルをふんだんにあしらった純白のブラウスを身につけた。

痩身の体軀ながら、みずみずしいバストには豊かな張りがあり、キュッとくびれたウエストからまろやかなヒップラインにかけての美しい湾曲は、ぞくっとするような悩ましさだ。

ミニスカートからスラリと伸びた二肢のしなやかさ。そして、白い額にかかったストレートロングのつややかな黒髪を時折かき分けながら、ピアノに向かうしぐさが、なんとも色っぽい。白いうなじから、かぐわしく清純な女の香が匂いたつ。

そんな玲奈は、男子生徒たちのほのかな憧憬の対象であった。玲奈が人妻となってからも、その評判は衰えることはなく、学園の美麗なマドンナとして生徒たちから慕われていたのである。むしろ、結婚して、さらに色っぽさを増してきたように、生徒たちの目には映った。

夫の達也は、結婚を契機に教職から退くように要求したのだが、玲奈は毅然として夫の要求をはねつけた。家事に専念することは、すべての自由を奪われ、夫一人のために心と体を一生ささげねばならない——玲奈はそんな息苦しさには耐えられそうになかったのだ。

「なあ、玲奈……いいだろ」

達也は顔をそむけた玲奈をなだめるように、やわらかな耳朶と白いうなじに軽くキスをくり返しながら、荒々しくネグリジェの裾を捲りあげた。玲奈のまばゆいばかりに磨かれた白い肌が露出する。ブラジャーはつけていない。美しくレースを編み込んだ、清楚なセミビキニのパンティがピッチリと玲奈の股間に張りついている。

「いつ見てもきれいだ、玲奈の体……ああ、もう、たまらない」

夫のざらざらとした指先がパンティの貼りついた玲奈の恥骨をいやらしく撫でまわす。強引に頭からネグリジェを抜き取り、達也はみずみずしい張りを保っている玲奈の白い乳房にむしゃぶりついてきた。

弾むような乳房を手荒く揉みしだかれ、桜桃色の乳首を吸われる。だが、夫にやさしく愛されているのだという甘美な気分に浸ることがどうしてもできない。

「ああ、い、いや、やめて……今夜は」

夫の手がパンティにかかり、無理やりにずり下げていこうとする。玲奈はその手を払いのけて、抵抗のそぶりをあらわに見せ、夫に背を向けた。

「お願いだ、玲奈。しゃぶってくれ」

達也は自らパジャマのズボンとブリーフを脱ぎ去って、たくましくみなぎった怒張を玲奈の顔に近づけた。

裏筋に幾本もの青い血管が浮き出て、屹立した夫のペニス。いつもなら従順にその欲望の肉塊を口に頬ばるのだが、玲奈は激しくかぶりを振って拒絶した。

「ごめんなさい、あなた……今夜は、どうしてもそんな気分になれないの、私……」

あまりの玲奈の抵抗で達也も興醒めしたようで、酔いが一気に体から抜けていくのを感じた。このまま新妻を手ごめにするのも、夫としての自由である。だが、そうまでして自らの欲望を果たすのも、あまりにも子供じみている。

「わかったよ、玲奈。君の気分を害してまでセックスを強要はしない。ああ、なんだか眠くなってきた。君もぼくも明日は仕事だ。お休み、玲奈」

達也はやさしく玲奈に声をかけて、ベッドにゴロリと寝そべった。

しばらくして、達也は軽いいびきをかいて、深い眠りについた。

玲奈はなかなか寝つけなかった。自ら夫とのセックスを拒絶したというのに、体の芯が熱く疼く。

ああ、私の体……なんだか変……。

ここ数週間、玲奈は、みだらな妄想にとり憑《つ》かれていた。新婚生活を始めて、夫とのセックスに飽きてしまったわけではない。もともと敏感な体だ。達也の愛撫にも反応し、自分でも恥ずかしいぐらい濡らしてしまうことも度々である。

だが、そうしたノーマルなセックスではとうてい満たされることのない、ある心の渇望を玲奈はひそかに抱き続けてきたのである。それは、少年愛とでも呼ぶべきものであった。

――愛くるしいばかりの、まるで少女とでも見まがうほどの、美しい少年。色白で、彫りの深い、凛々しい面長の顔だち。世の中のけがれを知らない、無垢な少年。そんな純真な少年の身も心も奪いとって、私の前にかしづかせたい。――そう、あなたは私の従順で可愛いペット。あなたに、女とはどういうものかをたっぷりと教えてあげるわ。そして、あなたの童貞を私にささげるのよ。けっして私に逆らったりしちゃだめ。そんなことをすれば、痛ーいお仕置よ。あなたの真っ白なお尻をぶってあげる。それに、いやらしいペニスもついでにお仕置してあげるわ。あなたがヒイヒイと泣きわめいて、私に心から許しを乞うまで、じっくりといじめてやる。

ああ、なんて刺激的で素晴らしい世界かしら。

玲奈の脳裡には、なかば皮をかむった、初々しい少年の白いペニスが浮かびたっていた。倒錯した、みだらな妄想。それは、人妻となって、夜ごと夫との愛の交合を重ねるにつれ、玲奈の心に湧き起こってきたのであった。自分自身では気がつかなかっただけかも知れない。未熟な性の扉が開かれてくるにつれ、嗜虐的な美少年愛というほのかな欲望が、玲奈の体を熱く痺れさせ始めたのである。

処女を奪いたいという男の欲望と同じように、可愛い少年の童貞を奪ってみたいという欲求は、夫との単調な性生活に飽きてきた人妻ならば、誰しも抱いているのかも知れない。夫以外のペニス、それもとりわけ女を知らぬ少年の新鮮なペニスを受け入れたいと望むのは、きわめてノーマルな欲望と言っていいだろう。玲奈の場合は、そこに「いじめてあげたい」という加虐的な欲望が加わっていたのだ。

日々つのりくる、そんな玲奈の妄想を現実のものにしてくれそうな一匹のいたいけな生贄が、玲奈の前に現われようとしていた。

北原浩司《きたはらこうじ》。玲奈が音楽の授業を受け持つ高校二年生のクラスに、その少年はいた。思春期特有の脂ぎったニキビ面《づら》の生徒が多い中にあって、浩司は少女のように透きとおった色白の肌で、どこか動作がなよなよとしていた。だが顔だちは端正で、彫りの深い凛々しいマスクと二重まぶたの黒い大きな瞳は、美少年と呼ぶにふさわしい。その上に聡明な生徒であった。

いつも、伏し目がちに、おどおどとして、浩司はしなやかな指先でピアノの鍵盤を弾く玲奈を見つめていた。時にはどこか憂愁をはらんだ表情で、ある時はうっとりと酔い痴れながら、浩司は熟れ盛りの美麗な人妻教師のしぐさの一つ一つを食い入るように眺めていたのだ。

浩司は玲奈にほのかな母性のようなものを感じ、その美貌とスレンダーなまばゆい肢体にあこがれていた。玲奈への憧憬はつのるばかりだった。

ああ、早乙女先生。ぼくは、先生が好きでたまらない。あんな美しい先生が……旦那さんと夜ごとセックスにふけっているなんて……ああ、ぼくには信じられない。

浩司は、玲奈の神々しいばかりに磨かれ、甘く匂いたつ白い裸体を想像しながら、悶々として自慰にかりたてられていった。

そんな浩司の視線を、いつからか玲奈は敏感に意識するようになっていた。他の生徒とは、自分を見る目が明らかに異なっている。

——うふっ、浩司君、私のことを恋い慕っているようね。あなたの顔にそう書いてあるわ。そんなに私のことが好きだったら、あなたの願いをかなえてあげたっていいのよ。そう、私も浩司君のような可愛らしい子が大好き……たっぷりと、時間をかけて、女の子がどういうものか、特別に愛のレッスンをしてあげましょう。ちょっぴり厳しいかもしれないけど、がまんするのよ。あなたが、私の前に跪《ひざまず》いて、ヒイヒイと可愛く泣き叫ぶ顔が見てみたい。そして……あなたの若いミルクを最後の一滴まで、私が……搾りとってあげる。

みだらで、嗜虐的な妄想は、玲奈のパンティを、自分でも気持ちが悪いほどにぬらぬらと淫欲の花蜜で濡らしてしまっていた。この熱くほてりきった体は、夫のペニスでは決して鎮めることなどできっこない。けがれを知らぬ、美しい少年の初々しく屹立した白いペニス、それを玩具のように弄ぶたまらない快感が玲奈の女芯を鋭く衝き上げていくのだった。

2

——翌日の音楽教室。ドヴォルザークの『新世界より』がCD盤から流れ出る。今日はレコード鑑賞の授業だ。玲奈は、あらかじめ「この曲を聴いて、あとで感想を書く」ように生徒たちに言いわたしておいた。

急に音楽が止まった。

室内が騒々しくなる。玲奈がCD盤のスイッチを途中で切ったからだ。

「静かにして！」

甲高い、そして冷たく澄んだ玲奈の声に、教室は水を打ったように静まりかえる。

「あなたたち、真面目に授業を受けようって気があるの」

教師としての威厳のある口調で、厳しく玲奈は生徒たちをたしなめる。

教壇をおりて、切れ長の美しく、そして鋭い視線を生徒たちに送りながら、玲奈は教室内をまわる。黒いエナメルのハイヒールのコツコツとした音が、無気味なばかりに静まりかえった教室に響く。

生理が近い。玲奈は苛立っていた。いかにも人妻らしい、ほのかに甘く、かぐわしい香水の匂いが漂う。

一人の生徒の前で、玲奈は立ち止まった。ポンと軽くその少年の肩を叩く。

「北原君、どう？　ドヴォルザークは……」

「は、はい……」

急に憧れの玲奈から名指しされ、浩司は言葉に詰まって返答に窮してしまった。白いうなじが、緊張と恥ずかしさのせいか、ほんのりと紅潮する。

「どうだったかって訊いてるんでしょ、北原君」

「はい……そ、その……」

いつもならば、そつなく、その場をとりつくろえる浩司であったが、玲奈の前では言葉が出てこない。

「立ちなさい！　北原君」

語気を荒げて玲奈はそう命じた。

仕方なく、浩司はおずおずと椅子から立ち上がった。

「北原君、真剣に授業を受けようって気持ちがあるの」

切れ長の美しい瞳が、キリッと浩司をにらみすえる。

「顔を上げなさい！」

ピシッ！

玲奈の白魚のような、しなやかな右手が浩司の頬を打ちすえた。

「ああ——」

一瞬、浩司は思いもかけなかった玲奈の一撃にひるみ、腰を落としてしまった。憧れの玲奈にみんなの前で頬を打たれた羞恥と、優秀な生徒という自らのプライドをずたずたに引き裂かれてしまった屈辱に、浩司はただ茫然と立ちつくしていた。

「北原君、今日の放課後、この教室に来なさい」

玲奈は浩司にそう冷たく言いわたした。


——放課後の音楽教室。

玲奈に鋭く打ちすえられた衝撃の余韻を頬に残しながら、浩司はしんと静まりかえった廊下を、玲奈の待ちかまえている教室へと歩いて行った。

なぜ、早乙女先生は、よりによってぼくのことを……先生はぼくを憎んでるんだろうか。ああ、先生にだけは嫌われたくない。

浩司はなぜか不安であった。玲奈にどのように謝罪し、言い訳をしていいものか、随分と迷っていた。浩司をにらみつけた、切れ長の美しい玲奈の瞳が、まぶたに焼きついて離れようとはしない。玲奈の前に立つと、なんだか訳もなく頭がくらくらとして、キュンと胸が締めつけられるようで、浩司は何も言えなくなってしまう。まるで蛇の毒牙にかかって身動きのできない、あわれな蛙のようだ。

だが一方で、憧れ続け、ひそかに慕ってきた美人の人妻教師と二人だけになれるという心のときめきも浩司にはあった。どんなにののしられ、軽蔑されても、早乙女先生だったらかまわない。先生がぼくのことを意識してくれるだけで、悶々とした気分から解放されるんだ。浩司はそう思うと、逆に心が弾み、甘い期待感さえ湧いてくるのだった。

すべては淫虐な玲奈の計略どおりに事は進行しているのだ。しかし、そうとは知らず、いたいけな生贄は、ぱっくりと大きく口を開いて待ちかまえている加虐的な牝豹の罠へと導かれていった。

音楽教室の前に立つ。ドア越しに、シューベルトの『菩提樹』のピアノの旋律が聞こえる。純真な浩司にとって、その流麗な旋律は、心をなぐさめてくれるものであった。

ドアを開く。玲奈はピアノに向かって、浩司が部屋へ入って来る気配にも気づかないそぶりで、無心にそのしなやかな指先で鍵盤を弾き続けていた。

黒いタイトミニのスカート。その裾からスラリと美しく伸びる二肢は、黒のストッキングにピッチリと包まれている。ほどよく引き締まって、それでいてふくよかな肉感のある太腿、丸みのある膝小僧とふくら脛。それはほのかに大人の女の色香が匂いたつような悩ましさだ。淡いベージュ色のシルク地のブラウス。襟から胸のふくらみにかけて、清楚な感じのフリルが白く散りばめられている。薄手のブラウスから透けて見える白いブラジャーの肩紐のラインが、なんともなまめかしく浩司の目には映る。

ピタリとピアノの旋律が止まった。

部屋の入口で、少し照れながら、もじもじとして立ちつくしている浩司の方に玲奈はクルリと丸椅子をまわして向き直った。

「北原浩司君ね。待ってたわ。さあ、こちらにいらっしゃい」

和らいだ表情で、玲奈は、浩司をうながした。切れ長の黒い瞳が、少し潤んだように妖しく輝いている。

浩司は玲奈の待ちかまえているピアノの方へ歩いて行き、玲奈の前に立って軽く会釈した。

「浩司君、そこの椅子にお座りなさい」

「はい、先生」

浩司は玲奈の指し示したスチール製の椅子に腰を下ろした。

「さっきはごめんなさいね、浩司君」

「えっ?」

叱責されるとばかり思っていた浩司は、意外な玲奈の言葉に、とまどっている。

「先生、今、生理が近いのよ。男の子にはわからないでしょうけど、生理の前って、気分がイライラしちゃって……痛かったでしょ」

「い、いいえ……」

「そう、それならよかったわ。素直な浩司君って、先生、とっても好きよ」

「え、ええ——そ、そんな」

憧れの玲奈の口から「好きよ」という言葉が出て、浩司は、なぜか恥ずかしく、パッと頬を赤らめてしまった。

玲奈は浩司の目の前で、そのしなやかな脚を深く組んだ。その瞬間に、タイトスカートの裾が捲れあがり、ストッキングでくるまれた、むっちりとした太腿が割れ、股間の奥に貼りついた白いパンティがチラリと浩司の目にとまった。パンストではなく、玲奈はガーターストッキングをつけていた。

浩司はゾクッとした。胸がキュンと締めつけられる。見てはならない、女の神秘のとばりを一瞥してしまった罪悪感で、背筋がブルブルと震えた。

「どうかしたの？　浩司君」

「い、いいえ、別に……」

緊張して、体をこわばらしている浩司を、少し悪戯っぽい目つきで見ながら、玲奈は丸椅子から立ち上がって、浩司の背後にまわった。そして、震える浩司の肩にやさしく手を差しのべて、浩司の髪の毛をそっと撫であげた。

「あっ、先生……」

「うふっ、随分と緊張してるのね、浩司君。あなたの肌って、とっても白くて、それにすべすべしてる。まるで女の子みたい。可愛いわ、浩司君……」

そう甘くささやきながら、玲奈は、熱い吐息をフウーと浩司の耳朶に吹きかけた。

「ああ……先生」

「浩司君、先生のこと、好き？」

「えっ」

「好きかって訊いてるのよ」

「は、はい……」

浩司は恥ずかしさと緊張で、白い頬を真っ赤に染めて、素直に頷いた。

「そう、先生、うれしい。浩司君の私を見る目が、他の生徒とはちがっていたもの。浩司君、オナニーしてるんでしょ」

「えぇっ――」

玲奈の思いもかけなかった、恥ずかしい詰問に、一瞬、浩司はたじろいだ。玲奈の口から、そんな露骨な言葉が出るなどとは想像だにしていなかった。浩司は、どぎまぎとしてどう答えていいものか当惑した。

「どうなの？　浩司君。あなた、まさか、私の裸なんかを想像しながら、いやらしいオナニーにふけっているんじゃない？」

玲奈の切れ長の美しい瞳の奥が、キラリと妖しく輝く。

「……」

浩司は黙ったまま、玲奈の視線を避けてうつむいていた。

「うふっ、どうやら図星のようね。おとなしそうに見えて、いやらしい子ね。軽蔑したわ、そんな浩司君なんか……」

「せ、先生、ぼく……」

玲奈に嫌われてはならないという一心で、浩司はなんとか言い訳をしようと思ったが、言葉がつまってしまう。早乙女先生はぼくのことをすべて見透している、ああ、どうすればいいんだ。浩司はこの場から立ち去ってしまいたい衝動にかられていた。

「いけない子にはお仕置が必要のようね。浩司君、あなたがどうやってオナニーするか、私に見せてちょうだい。さあ、立って！　先生の前で、ズボンもパンツも脱いでしまいなさい。浩司君のいけない男の子を先生が見てあげるから」

「ええーっ、そ、そんなこと……」

「できないとは言わさないわよ。私のことが好きで好きでたまらないんでしょ。私とセックスしたいと心の中では思ってるんでしょ。好きな人の前ではなんだってできるはずよ」

玲奈はやや語気を荒げ、うっすらと冷たく、嗜虐的な笑みを浮かべて、浩司に下半身を晒すよう強要した。

「さあ、ぐずぐずしないで立ちなさい！」

苛立った鋭い玲奈の声が飛ぶ。仕方なく、浩司はおずおずと椅子から立ち上がった。だが、玲奈の前で恥ずかしい下半身を晒すことなどできない。あまりにもみじめで屈辱的な行為だ。みだらな想像の世界でならともかく、ここは学校の音楽教室だ。誰が入ってくるやもしれない。

「いいわ、私が脱がしてあげる」

茫然と立ちつくしている浩司の前に、玲奈はしゃがみ込んだ。タイトミニのスカートの裾が捲れあがり、黒いストッキングにくるまれた、むっちりとした太腿があらわに覗く。

「い、いやです、ぼ、ぼく……」

バシッ！

「あぁっ――」

玲奈はズボンの上から浩司のヒップを平手で鋭く打ちすえた。

「素直になれない浩司君は、先生、嫌いよ」

ズボンのベルトを強引にはずし、ファスナーが下げられる。浩司の足首にズボンがすべり落ちる。玲奈に抵抗することは許されない。浩司は白いブリーフのふくらみを、羞らいながら両手で隠した。

「だめ！　手をどけなさい」

浩司の両手を玲奈がバシッとふり払った。

「うふっ、恥ずかしがってるわりには、こんなにふくらませちゃって」

玲奈は、悪戯っぽい目つきで、浩司のブリーフのふくらみをまじまじと見つめ、サーッとしなやかな指先で、ふくらんだ部分を撫であげた。

「あぁ……先生」

浩司は反射的に身を引いた。これから、ぼくのペニスを早乙女先生に見られてしまう。そのたまらない羞恥の中で、浩司の初々しい欲望器官はむっくりと頭をもたげ始めていた。

「先生がじっくりと点検してあげる……」

震え、おののく、いたいけな小羊を嬲《なぶ》るように、玲奈は、ぐいっと浩司のブリーフを一気に足首まで剝きおろした。

3

美しい勃起した、少年の白いペニス。淫水焼けしていない、その新鮮な肉茎は皮をかむったままである。玲奈はうっとりとした表情で、そのみずみずしく張りつめた少年の肉茎に見入った。いつも自分の中に受け入れる夫のペニスとは色も形もちがっている。

「うふっ、とっても可愛いわ。先生、なんだか変な気分になってきたわ」

「先生、ぼく……恥ずかしい」

「浩司君、なにも恥ずかしがることなんてないのよ。もう、君のものは立派な大人」

玲奈はたまらず少年の美しく反りきったペニスを根元からギュッと握り締めた。

たまらないわ。このゴムまりの弾むような感触。たっぷりと搾り甲斐がありそう。

「ああぁ、先生」

「いいのよ、じっとしてて」

玲奈は浩司のペニスをいとおしむかのように根元から軽くしごきたてた。そして、
ぐいっと包皮を一気に剝きあげた。

「ヒィーッ」

美しいピンク色の、はちきれんばかりの亀頭が顔を覗かせる。カリの部分に白い恥垢がこびりついていて、強い栗の花の刺激臭が玲奈の鼻をつく。

「ここは清潔にしておかなくっちゃ、女の子に嫌われるわよ」

そう言うと、玲奈は浩司の脈動する若々しいエネルギーが充満した肉塊に、そっとなまめかしい舌を這わせた。

「あ、あああぁ——っ」

玲奈の大胆な行動に、浩司は全身を震わせて悲鳴に近い声をあげた。女を知らぬ少年にとっては、あまりにも甘美で、強烈な刺激だ。

玲奈はカリの溝に添って、チロチロと舌を這わせ、巧みに恥垢をぬぐいとっていく。そして、青い血管の浮き出たペニスの裏筋をていねいに舐めあげ、勢いづいた肉茎を真っ赤なルージュを引いた唇で頬ばった。

「あっ、ああ、先生……」

ペニスにからみついてくる、美麗な舌の刺激がたまらない。浩司は、腰をガクガクと震わせて、玲奈の舌の愛撫を必死でこらえた。だが、それも限界であった。

うふっ、この子、私のお口の中でもうすぐイキそう。

鈴口からあふれ出る透明な先汁を舌先に感じながら、玲奈は唇の抽送を速めた。

「あぁぁーっ」

けたたましい叫び声をあげた瞬間に、浩司は、玲奈の口腔に新鮮な濃い樹液を吐き出してしまった。

ああ、とってもおいしいわ、若い子のミルクって……。

夫の精液ですら口で受けとめることを拒絶し続けてきた玲奈であったが、初々しい少年の搾りたてのミルクは格別である。ゴクリと喉を鳴らして一気に飲み干した。

玲奈の甘い唾液にまみれた浩司のペニスは、すぐには萎えようとはせず、ヒクヒクと波打ち、放出の余韻にひたっていた。

「気持ちよかった？　浩司くん」

「は、はい、とっても……」

浩司は従順な小羊のように、震える声でか細く言った。

「そう、よかったのね。じゃあ、今度は浩司君が私を気持ちよくしてくれる番よ」

玲奈は、白い額にかかったストレートロングの黒髪をかき分けながら、自らの手でタイトミニのスカートのファスナーをゆるめた。スカートを脱ぎ、ブラウスのボタンをはずす。黒いガーターベルト、そして神秘の股間にピッチリと貼りついたセミビキニのシルクのパンティ。ベージュのブラカップ。それは、妖艶な人妻の色気を芬々《ふんぷん》と漂わせていた。

「浩司君だけ裸なのは不公平よね。私も脱ぐわ」

なよやかに肢体をくねらせて、パンティをクルリと足首から抜き取る。恥骨のあたりにそよぐ淡い草むらの翳りがなんとも悩ましい。

夢にまで見た玲奈の美しい裸体。まばゆいばかりに光彩を放ち、かぐわしい芳香を匂いたたせている。浩司は、うっとりと玲奈の裸体を眺めていた。それだけで、萎えはじめようとしていた浩司の肉茎を、若々しい欲望の力が衝き上げていくのだった。

「まあ、なんていやらしい子なの、浩司君は。あんなに一杯、私のお口の中にミルクを出したばかりだっていうのに……いけない男の子ね」

玲奈は黒いエナメルのハイヒールの先端で、むくむくと頭をもたげ始めている浩司のペニスを弄《もてあそ》ぶように小突いた。美脚をもち上げた瞬間に、玲奈の草むらの奥に、妖しく濡れ光るサーモンピンクの淫裂がチラリと覗いた。

「さあ、浩司君、たっぷりと御奉仕させてあげるわ」

玲奈は浩司に床にあお向けに寝るようにうながした。そして、浩司の顔をまたいで立った。

浩司の目に、ぬらぬらと女の欲望の花蜜にまみれた玲奈の秘肉が妖しく輝く。やや肉厚の二枚の花びらに閉ざされた深い亀裂から、わずかに美しいサーモンピンクの肉襞が露出している。

「初めてでしょ、女の子のここを見るのは。さあ、よーく見るのよ」

貞淑な人妻教師にはおそよ似つかわぬ卑猥な俗語を口にしながら、玲奈は、人差し指と中指とで、逆V字型に二枚の肉の花弁を押し広げた。ぬめった、あざやかなピンクの肉壁がまるでヒクヒクと呼吸をしているようだ。ねっとりとした透明な花蜜が、秘孔の奥からじゅくじゅくとあふれ、秘唇を伝って、浩司の顔にツーツーと糸を引いて流れ落ちた。そのみだらな花蜜は、玲奈のすぼまった会陰部までしっとりと濡らしている。

「うふっ、ここに浩司君のものが入るのよ。どう？　きれい」

こ、ここにぼくの……ペニスが。ああーたまらない。

「せ、先生……」

熱病にでもうなされたかのように、浩司は声を震わせて、つぶやいた。

「さあ、浩司君、私のあふれたお露をすすってちょうだい。そして、やわらかなお肉をお口と舌とで舐めるのよ」

玲奈は股を大きく割って、ゆっくりと浩司の顔面に腰を沈めていった。花蜜にぬめった秘唇を浩司の口元に押し当てる。

「うっ、うぐーっ」

悩ましい柔肉で口をふさがれた浩司は、息苦しさのあまり、思わず口元をゆるめ、したたる熱い蜜液を貪り吸った。甘酸っぱく、わずかに尿の臭いがする。まぎれもなく、人妻の濃厚な欲望の粘液だ。

「ああぁ、舐めて、奥まで」

玲奈は白いまろやかなヒップをくねらせて、甘く、悩ましい声をあげた。

浩司は、一枚一枚の肉襞をかき分け、がむしゃらに秘肉に舌を這わせた。

「ああ、い、いいわ、とっても……もっと、もっと強く」

ざらざらとした、初々しい舌の感触。そのぎこちない愛撫が、玲奈のみだらな欲情を高めていく。

「クリトリスも吸って……あぁぁ……」

玲奈の敏感な真珠の粒は、硬くしこり、包皮を剝きあげて露出していた。その尖った肉の突起に、浩司の歯が当たった。口に含んで、舌先で荒々しくこねまわす。

「あぁ、あぁぁ――ん」

玲奈は上体を弓なりにのけ反らせ、ブラカップをずり上げ、豊満な乳房を自らの手で揉みしだきながら、痺れるようなあえぎ声を洩らした。

生まれて初めて知った、人妻の美肉の味。浩司はこねまわす舌に妖しくからみつき、奥へ奥へと舌先を誘《いざな》っていく、女の肉欲の神秘に膝をガクガクと震わせた。むらむらと新たな欲望の血が、肉茎にみなぎってくる。

「あぁ、も、もっとよ――い、いいわ」

初々しい少年の口と舌とで、がむしゃらに愛撫されながら、玲奈は徐々に絶頂へと向かっていった。

この子の童貞は、もう私のもの。もっと、もっと私が満足するまで御奉仕するのよ。

玲奈は浩司の顔面に騎乗しながら、悩ましく腰をくねらせ、再び勃起を始めた少年の肉棒を根元からギュッと握りしめ、手荒くしごきたてた。

「うっ、ううっ、う――ん」

みだらな欲望の秘肉でふさがれた浩司の口から、呻くような声がこぼれる。

「あぁ――ん、浩司君……本当にいやらしい子ね。もう一度、私といっしょにイクのよ」

ヒリヒリと充血したクリトリスから、嗜虐的な微電流が、ほてりきった玲奈の全身を這いずりまわる。無理やりに口舌奉仕を強要する、たまらない征服感が、いっそう玲奈のエクスタシーを激しく揺さぶる。

すでに、浩司のペニスは、はちきれんばかりにふくらんでいた。もう、いつ暴発しても不思議ではない。

「うっ、うっ、うぅ――」

若い獣じみた悲鳴を洩らして、浩司は、白い液体を勢いよく撒き散らした。二度目の精搾りであった。

「なんて、いやらしい子なの、浩司君は。まだ私を十分に満足させないでイッちゃうなんて、許せないわ！」

玲奈は立ち上がって、ハアハアと大きく肩で息をついて、放出の余韻にひたっている浩司を激しくののしった。

「ああっ、ヒィ――ッ」

エナメルのハイヒールの踵で、ヒクヒクと波打っている少年のペニスをギュッと踏みつけた。

「うふっ、楽しみはこれから。さあ、もう一度元気にしてあげるわ。そしたら私の中に浩司君のものを受け入れてあげる」

キラリと冷たく輝く、加虐的な玲奈の瞳は、倒錯した欲望に狂った牝豹のものであった。

巨乳の初体験指導

――睦月影郎

睦月影郎

（むつき・かげろう）

1956年神奈川県生まれ。神奈川県立三崎高校卒業後、さまざまな職業を経て、23歳に官能作家としてデビュー。奇抜なストーリーと独特のフェティッシュな官能描写で読者の圧倒的な支持を得ている。著書はすでに300冊以上。『叔母は三姉妹』『隣り妻』『僕の叔母』（以上、二見文庫）、『孫と…　祐美の可愛いふくらみ』（マドンナメイト文庫）、『図書室の淫精』（双葉文庫）、『もじもじと』（徳間文庫）、『義姉　武芸者冴木澄香』（講談社文庫）、『緋の綾糸』（学研M文庫）などがある。

1

「悪いけど、大きな荷物があるの。手伝って頂けると嬉しいんだけど、お時間ある？」

「は、はいっ……！」

本屋をブラついた帰り道、景夫《かげお》はいきなり垣根越しに声をかけられ、思わず小学生のように直立不動で返事をしていた。

声をかけたのは、景夫の隣家の二十五歳になる奥さんで、一児の母でもある。

景夫は隣家の門から入って庭に回り、彼女が声をかけてきた縁側の方へと行った。

毎日のように双眼鏡で覗き見てはいるが、こうして敷地内に入るのは初めてだった。

今まで、せいぜい挨拶を交わす程度の仲だったのだ。

「ごめんなさいね。お勉強があるでしょうけど、少しだけお願い」

藤井奈津子《ふじいなつこ》が言う。

ブラウスの胸がはち切れそうな巨乳に、今日はなぜか室内を整理していて、額がほんのり汗ばんで前髪が数本貼りついていた。

美人だ。

巨乳も魅力的だが、その整った顔立ちと熟れ頃の脂ののった肌が、大人の色気をかもし出していた。

赤ん坊は、まだ一歳になるかならないかの女の子。亭主は大手商社マンだという。

とにかく一年半前、新築された隣家に藤井家が越してきた時から、奈津子は景夫の憧れのマドンナになってしまったのだった。

文月《ふみづき》景夫は十九歳だ。自宅浪人も二年目に入り、両親が共稼ぎだから四六時中この家にいる主のようなものだった。

もちろん、昼間から勉強になど身が入るわけもない。隣家の奈津子の姿をこっそり盗み見ては、狂おしいオナニーにふけってしまうのだ。

景夫は高校時代にはガールフレンドもできず、いまだにキスも知らない童貞のまま悶々とした十代を終えようとしている青少年だった。

そしてできれば自分の初体験の相手は、知性も情緒もないコギャルやバカ女子大生などより、優しく包み込んでくれそうな大人の女性がいいと思っていた。

理想的な女性が、奈津子なのだった。

この一年半、奈津子のことを考えて、いったいどれほどオナニーしたであろう。土曜日の晩など、きっと夫婦生活をしているのだと思うと狂おしい嫉妬の炎が湧き起こって苦しめられたが、それでも彼女の今とっているだろう体位を思い浮かべて射精したものだった。

それが今日、こうして憧れの女性のいる家に入ることができたのだ。今まで爽やか青年を装い、常に笑顔を絶やさずに挨拶してきて良かったと思った。

「うわ、すごい荷物ですね……」

縁側から上がり込んだ景夫は、座敷中に散乱した衣類と段ボール箱に驚いた。

赤ん坊は、隣のリビングにあるベビーベッドで眠っているようだ。

「そうなの。でも、日用品はまとめたから、あとは衣類だけ」

「まさか、引っ越しとか？」

景夫が不安げに訊くと、奈津子は首を横に振った。

「うちの人が単身赴任で関西に行くから、その荷物」

「ははあ……」

景夫は何やら嬉しくなってきた。別に、亭主が不在だからといって何があるわけでもないのだが、それでもひょっとして自分に、奈津子の寂しさを紛らわす役目がまわってくるような気になったのだ。

それに、いつもは挨拶だけだが、いまはこうして、ずっと近くで雑談できるのだ。奈津子の近くに寄ると、とっても甘い匂いがするし、ブラウスの中で弾む巨乳の揺れまで、間近で観察することができた。

「さあ、ここは済んだわ。じゃ、お願い、こっちに」

奈津子が、たたんだ衣類を段ボールに入れてガムテープを貼り、景夫を奥の部屋に招いた。

そこは寝室だった。

「……！」

景夫は胸を高鳴らせ、室内に籠もる甘い匂いを深呼吸した。

すでに亭主は数日前から関西へ行っているという。だから寝室の匂いは、奈津子だけのものだろう。

実際、亭主のものらしいセミダブルベッドには、すでにカバーが掛けられていた。奈津子の方のシングルベッドも、もちろん布団は整えられていたが、わずかに覗くシーツにも枕にも、毎晩使用している様子が見てとれた。

「うちの人が送ってくれって言ってた箱がそこにあるから、取ってくれない？」

景夫は、奈津子がベッド脇に出した椅子に乗り、指示された天袋を開けた。

段ボール箱がある。出そうとしたが、思っていたより重い。

「気をつけてね、落とさないように」

「はい」

景夫は必死で、大きな段ボール箱を少しずつ引っ張り出し、ようやく両手で抱えた。

しかし、その瞬間、景夫はバランスを崩し、箱を抱えたまま奈津子のベッドに倒れ込んでしまった。

「う、うわ……！」

クッションのおかげでケガはしなかったが、段ボール箱の中味が散乱した。

「ダメ、見ないで……！」

奈津子が慌てて、散乱したものを両手で覆い隠そうとした。

やっとベッドの上で半身を起こした景夫が見ると、中身はおびただしい量の写真だ。

アルバムも数冊あるが、ほとんどはバラのまま散乱している。

さらに見ると、写真に撮られているのは全て奈津子自身。しかもヌードが大半だ。

亭主は写真が趣味で、自分で現像したのだろう。大股開きの股間アップもあるし、巨乳を強調したアングルもある。ボンテージスタイルもあれば、悩ましい下着姿もあった。

およそ考えつくかぎりのエロチックなポーズ、コスチュームの写真ばかりだった。

「こ、これは……」

景夫は目を丸くして、多くの写真を見回した。

奈津子の、かなり若い頃からの写真もある。おそらく亭主が、女子大生時代から奈津子を撮り続けていたのだろう。

亭主は、よほどモテない男だったか、それとも美人の奈津子を手に入れてよほど嬉しかったのか、彼女一筋という情熱はこの写真からもよくわかった。

それにしても、オールヌードの股間アップ写真が生々しい。これは芸術とは無縁で、ひたすらオナニー用に撮ったような写真ばかりだった。

これを送れと言うのだから、亭主はよほど単身赴任が恨めしく、奈津子の写真でオナニーに耽ようとしているらしい。

浮気の心配だけはないから、奈津子も恥ずかしいのを我慢して、昔の写真を送る気になったのだろう。

写真の奈津子は笑顔も強ばり、どれも羞恥心に青ざめた感じだった。まあ、愛情という名目の欲望に言いなりになったのだろう。

しかし、ワレメアップで白っぽい愛液が溢れている写真もあった。

（ひょっとしたら、恥ずかしいほど感じるタイプだったりして……）

景夫は聞きかじった知識でふと思いながら、奈津子を見た。

彼女はオロオロして、懸命に写真を集めては段ボール箱に入れていた。

羞恥心と緊張感からか、そばにいると生温かく甘ったるい匂いが濃くなっている。うつむいて写真を拾い集めているものだから、ブラウスの胸元が開いて、巨乳の谷間がブラの方まで丸見えになった。

そういえば同じベッドに乗っているものだから、いつの間にか身体に触れるほどに接近していた。

「こ、これ……」

景夫も手伝おうと拾った一枚が、何と縛られている奈津子のショットではないか。

緊縛は、ＳＭ雑誌のグラビアほどうまくないが、巨乳が強調され、奈津子も感じているような表情だった。

「あっ……！」

奈津子は慌てて景夫の手から写真を奪い、やがてようやく全ての写真を段ボール箱に入れ終わった。

「こういうの、好きなんですか……？」

景夫は勇気を出して言ったものの、奈津子の方は写真を見られたショックに、片付け終わっても呆然としていた。

(チャンスだ！　今こそ抱きつけ！)

景夫は自分に言い聞かせた。

(今なら、彼女の混乱に乗じて身体を開いてもらえるかもしれないぞ！　拒んだら、この写真をみんなにバラまくと言えばいいんだ)

実は景夫は、特に強烈な一枚をそっとポケットに忍ばせたのだった。

(さあ！　早く抱きつくんだ！　彼女が我に返る前に！　リビングのガキが起きて泣く前に！)

景夫は自分を叱咤しながらも、憧れのマドンナを困らせたくない気持ちもあって迷った。

すると、奈津子の方が先に口を開いた。

「お願いよ。誰にも言わないで……」

「は、はあ、もちろんです……」

「秘密を守ってくれるなら、何でも……」

奈津子はそう言いながら顔を上げた。

羞恥に、白い頬がピンク色に上気しているが、切れ長の目は情熱的にキラキラ輝いていた。

(う、うわ……、させてくれるかもしれない……)

チャンスは、向こうからやってきた。

「お、お願いします。どうか一度だけ、僕、まだ何も知らないんです……」

景夫は馬鹿正直に告白した。

勇気を振り絞り、彼女にのしかかって押し倒した。

覚悟を決めたのか、奈津子は拒まなかった。

彼女が長い睫毛を伏せたので、恐るおそる唇を重ねた。

感激の、ファーストキスの瞬間だ。

柔らかな唇が押しつぶれ、ほんのりと湿り気のある甘い匂いが感じられた。

今日は外出する予定もないらしく、奈津子は化粧をしていなかったが、間近で見る頬はキメ細かに輝いていた。

景夫はそろそろと舌を出し、紅もつけていない唇を舐めた。さらに奥へ入れていくと唾液のヌメリが感じられ、舌先が前歯に触れた。

左右に動かし、白く滑らかな歯並びをたどり、引き締まった歯茎まで舐め回した。

と、奈津子の前歯がゆっくりと開かれ、景夫は誘われるように内部に侵入していく。

奈津子の口の中は、さらに甘くかぐわしい芳香に満ち、差し入れると、すぐにヌルッとした甘い舌が迎えてくれた。

チロチロと舌を触れ合わせ、その柔らかさとヌラつき、唾液の甘さに景夫はうっとり酔い痴れた。

ディープキスとはこんなにも心地よく、女性の舌とはこんなにも美味しいものだったのか。

景夫は夢中になって美人妻の口の中を隅々まで舐め回した。舌の裏側に溜まった温かな唾液をすすり、頬の内側の柔らかなお肉まで味わった。

すると奈津子の舌もヌラヌラと蠢き、やがてチュッと景夫の舌に吸い付いてきた。

何という幸福。もう何をしても叱られないだろうと、景夫は思い切ってブラウスの豊かな膨らみにタッチしてしまった。

巨乳が心地よい弾力を伝え、

「ンン……」

奈津子が悩ましげに鼻を鳴らした。

ようやく唇を離し、景夫はそのまま彼女の白い首筋に顔を埋め、ほんのり汗ばんだ甘い匂いを嗅ぎながら、震えがちな指先でブラウスのホックを外しはじめた。

何だか身体中がフワフワして、夢の中にいるようだった。

ブラウスを開き、裾をスカートのウエストから引っ張り出すと、

「待って……」

奈津子が小さく言って半身を起こし、自らブラのホックを外して巨乳を露出させた。

再び仰向けになった奈津子を見下ろし、景夫はその息づく巨乳に屈み込んだ。

「ああっ……！」

チュッと乳首を含むと、奈津子がビクッと身を反らせ、熱い喘ぎを洩らした。

巨乳のわりに乳輪は程よい大きさで肌に溶け込み、すでにコリコリ硬くなっている乳首も艶《なまめ》かしい色合いだった。

乳首に吸い付くと、景夫の口に甘ったるい濃厚な香りと、ヌルリとした生温かいものが感じられた。

（ぼ、母乳……！）

景夫は感激に胸を震わせた。

母乳はうっすらと甘く、さらに奈津子の熟れた肌の匂いまで含まれているようだ。

頬をすぼめて吸い、もう片方の乳房をモミモミすると、その乳首にもポツンと白い

ミルクが浮かんできた。そちらにも吸い付くと、景夫の鼻腔も口の中も、悩ましく甘いミルクの匂いでいっぱいになってしまった。

「もうダメ、沙也夏《さやか》の分がなくなっちゃうから……」

奈津子が囁き、やんわりと景夫の顔を離した。沙也夏とは、リビングで眠っている赤ん坊の名だろう。

景夫は、巨乳の谷間に浮かんでいる汗の粒を舐め取ってから顔を上げ、胸をドキドキ高鳴らせながら、美人妻の下半身に向かっていった。

ロングスカートをめくると、幸いパンストではなく素足にソックスだけだった。白くムッチリと張りのある太腿が、付け根まで露わになった。

脂ののった柔肌に、思わずゴクリと生唾を呑み、景夫は純白のショーツをそろそろと引き下ろしていった。

まだまだ肝心な部分には目をやらない。不用意に見たりしたら、あっという間にザーメンが暴発してしまうかもしれない。

ようやくショーツを脱がせ、両の足首からスッポリと抜き取った。

嗅ぎたいが、やはり暴発が恐い。

奈津子は手で顔を隠して恥じらいながらも、仰向けのまま、両膝を立てて脚を少し開いていた。

景夫はその中心に腹這い、内腿の間に顔を割り込ませていった。

「……！」

女体の神秘を、しかも憧れの美人妻の秘部を間近にして景夫は感激に息を呑んだ。

色白の肌をバックに、黒々とした恥毛がふんわりと柔らかそうに煙っている。その丘から真下の股間にかけて、実に悩ましいワレメがあり、薄桃色の花びらがわずかにはみ出していた。

そっと指を当て、ワレメを左右に開くと、小陰唇の全貌が明らかになった。さらに奥に指を当て直し、グイッと広げると、内側の柔肉が覗いた。

綺麗なピンク色だ。

その奥には、つい一年前に沙也夏が出てきたホールがあり、その周囲は細かなバラのような柔襞に覆われていた。

内側全体は早くもヌメヌメし、やはり奈津子は、恥じらいながらも感じているのかもしれなかった。

さらに顔を寄せると熱気が感じられ、ピンクの粘膜にポツンと閉じられた尿道口までもがハッキリと確認できた。

その上には、やや突き出た包皮の出っ張りがあり、その下からは真珠のようにツヤツヤと光沢のあるクリトリスが顔を覗かせていた。

指を膣口に押し当て、小刻みに動かすと、すぐにヌルヌルと新たな蜜が溢れてくる。

「く……」

触れられて、奈津子が小さく喉の奥で呻いた。

もう我慢できない。景夫は吸い寄せられるように顔を埋め、恥毛の丘に鼻をこすりつけて深呼吸した。

生ぬるい、ふっくらとした優しい匂いが感じられた。汗の匂いが大部分なのだろうが、それにほんのりミルクが混じり、さらに乾いたオシッコの匂いや、女性特有の分泌物や女臭がミックスされていた。

景夫は顔を左右に動かして押しつけ、恥毛の隅々に籠もった匂いを貪った。

そして舌を伸ばし、大陰唇から、陰唇の内側までゆっくりと舐め回しはじめた。

「あぁっ……！」

奈津子が顔を覆ったまま、熱い喘ぎ声を洩らした。

表面は淡い汗の味がしていたが、奥へ行くほど熱気とヌメリが増して、うっすらとした酸味が感じられはじめた。

初めての味と匂いに包まれ、やがて景夫は膣内にも舌を差し入れてクチュクチュと蠢かせた。

細かなヒダヒダの舌触りが心地よく、肉づきのいい内腿がキュッと顔を挟みつけてくるのも嬉しかった。

「あ……あう！　ああん……！」

クリトリスを舐めると、奈津子の喘ぎも激しく、間断なく洩れるようになってきた。思った以上に激しい奈津子の反応に、景夫は圧倒されそうだったが、その様子を夢中で観察したせいで、暴発の危機は遠のいた。

さらに彼女の両足を浮かせ、ワレメの真下の方にまで顔を潜り込ませていった。

そこには、豊かなお尻の谷間が溝を刻んでいた。両の親指で広げると、奥にキュッとすぼまった肛門があった。

鼻を押し当てても、淡い汗の匂いだけ。生々しい刺激臭が感じられず残念だったが、舌を這わせると、微妙な襞の舌触りが艶かしかった。

舌を差し入れると、襞の感触がなくなり、ヌルッとした粘膜に触れた。

「ヒッ……！　ダ、ダメ、そこは……」

奈津子がビクッと下半身を震わせて、哀願するように言った。

それでも強引にクチュクチュと舐め、脚を下ろして再びクリトリスを舐め回した。

「あうーっ……！」

奈津子は弓なりに身を反らせて喘ぎ、景夫の顔を内腿できつく締め付けてきた。

愛液は後から後から溢れ、透明だったそれはいつしか白っぽく濁った粘液に変わってきた。景夫はクリトリスに吸い付きながら、指を膣口に押し込んでみた。

内部は熱く柔らかく、指に吸い付くような心地よい感触で、天井部分にも艶かしいヒダヒダが感じられた。

「アアッ！　お願い……」

悶えながらも、奈津子は懸命に景夫の顔を突き放した。

それは拒むというより、すぐに達してしまうのを惜しむようだった。

舌も疲れ、匂いも味も充分に堪能したので、景夫はいったん離れ、再び巨乳に甘えるように奈津子に添い寝した。

すると奈津子の手が伸びてきて、ズボンの上から景夫の強ばりを、ギュッと握り締めてきた。

「ウ……！」

景夫は驚き、ビクッと全身を硬直させた。

「いい？　お返しよ。じっとしてて……」

奈津子が言い、甘い匂いを揺らめかせて半身を起こした。

景夫は、今まで受け身で喘ぎ恥じらっていた奈津子が、悪戯っぽく言いながら行動を起こしたので思わずドキリとした。

どう転んでも自分は十代の童貞だ。何もかも知り尽くしている人妻に優位に立てるはずもないのだ。

それに、むしろ自分が受け身になって奈津子にいろいろ教わることこそ、かねてからの憧れていた夢だったのだ。

2

奈津子は景夫のベルトを解き、ズボンと下着を引き下ろして脱がせ、下半身を丸出しにさせてしまった。

「ああ……」

景夫は、思わず声を洩らした。もちろん、勃起時の裸を人に見られるなど生まれて初めての体験だ。

奈津子は実に慣れた感じで、屹立しているペニスの根元をやんわりと握ってきた。

そうした仕草がさすがに人妻という感じで、やはり受け身になっている時とは違って、自信満々な様子だった。

しかし、そうしたことは全て後から思い返したことだ。

その時の景夫は、何しろ緊張感と羞恥心、快感への期待に全身が強ばり、恥ずかしいほど息が弾み、肌が震えてしまっていた。

奈津子はやわやわと指を動かし、さらに陰嚢《いんのう》を柔らかな手のひらに包み込むと、根元を優しく揉んでくれた。

そしていよいよ顔がペニスに近づき、熱い息が恥毛をくすぐってきた。

やがて生温かく柔らかなものが、チロッと先端に触れてきた。

「くっ……！」

景夫は奥歯を噛み締めて暴発をこらえ、一方で、少しでもこの快感を味わおうと神経を集中させた。

奈津子は、尿道口から滲む粘液を舐め取り、ピンピンに張り詰めた亀頭をまんべんなく舐め回してきた。

そのまま裏側を舌が移動したかと思うと、陰嚢を舐め回す。時には大きく開いた口でチュッと睾丸に吸い付いたりしてきた。

「あうう、イ、イッちゃうよお……」

景夫がいくら我慢しても、憧れの人のフェラチオは感激と快感が大きすぎた。

「いいわ、出しても。どうせ若いんだから、続けてできるでしょう？」

奈津子は優しくそう言うと、愛撫を続行した。そんな強烈な言葉を聞いただけで、景夫はいよいよ危うくなってきた。

熱い息が心地よく幹に吹きつけられる。奈津子の舌先は再び側面を這い上がって先っぽまでいくと丸く口を開き、真上からスッポリと呑み込んできた。

「くうう……」

景夫は懸命に息を詰めて堪え、少しでも長くこの快感を味わおうと努力した。

温かな口の中に亀頭が含まれ、さらに柔らかな唇がキュッと丸く締め付けながら、幹をモグモグとゆっくり頬張ってきた。

深々と呑み込まれ、内部では舌がヌラヌラとからまり蠢《うごめ》いた。温かく清らかな唾液に、ペニス全体はどっぷりと浸り込み、そこだけ別世界にいるようだった。

さらに奈津子は舌を這わせながら、頬をすぼめてチュッチュッと強く吸いつき、顔全体を上下させてスポスポと唇で摩擦までしてくれたのだ。

「イ、イク……！」

もう限界だった。

たちまち激しい快感がマグマのように湧き上がり、狭い尿道口から一気に脈打ちながら噴き上がった。

それはもうオナニーなど比べものにならない、何百倍もあろうかという大きな快感だった。

「ン……」

唇の摩擦運動を止めても亀頭を含んだまま、奈津子はチューッと吸い続けてくれていた。

ドクンドクンとほとばしるザーメンを喉につめて咳き込むこともなく、奈津子は巧みに喉に流し込んでいた。

「あぁっ……すごい……」

景夫は魂まで吸い取られそうな快感に酔い痴れた。奈津子が飲み込むたび口の中がキュッと締まり、新たな快感と感激が湧き上がるのだった。

とうとう最後の一滴まで絞り出されて、景夫はグッタリと四肢の力を抜いた。

奈津子もその辺りは心得ているようで、射精直後で過敏になっている亀頭を無用に刺激することもなく、最後はソフトタッチで濡れた尿道口を舐めて清め、やがて口を離した。

そして景夫が回復するまでのあいだ添い寝をして巨乳を押しつけて、うっとりと快感の余韻に浸らせてくれた。

景夫は、夢見心地がずっと続いていた。

そのまま奈津子の巨乳に手のひらを這わせ、また乳首に吸い付いて少し母乳を飲んでから、腋の下にも顔を埋め甘ったるい汗の匂いを胸いっぱいに嗅いだ。

朝から荷造りをしていたためか、奈津子の肌はどこも汗ばみ、甘く悩ましいフェロモンを漂わせていた。

もちろん感激の射精快感が全身に残っていても、若々しいペニスは萎える余裕などなく、まだピンピンに突き立ったままだった。

「ねえ、あの写真のことだけど、ご主人は、よほど奥さん一筋なんだね」

景夫は甘えるように顔と身体を密着させ、奈津子の匂いに包まれながら言った。

奈津子は、そのことは言っちゃダメ、とでもいうように彼の顔をギュッと抱き締めて巨乳に押しつけた。

「ワレメにレンズ向けられると濡れちゃうの？」

景夫がなおも巨乳の間から言うと、

「あの人は、とにかく私のいろんな姿を撮りたがったの……」

奈津子も、小さくかすれた声で答えてくれた。

「いろんな雑誌のグラビアを見ては、それと同じような格好させて撮ったり、出産前と後のヌードとか、何もかも記録したいらしいの」

まあ、一種のコレクターなのだろう。そして奈津子の方も、そうした淫らなポーズや緊縛などを繰り返すうち、すっかり濡れやすく感じやすいタイプに育っていったのかもしれない。

「で、奥さん自身は、どんな設定がいちばん好きなの？」

一度射精しただけで、かなり景夫も落ち着いて話をすることができた。いや、少しでも多く奈津子のことを知りたい一心だったのだろう。

「ごく普通のセックス……」

「え……？」

「うちの人は撮るばかりで、滅多にセックスしようとしなかったの。もともとオナニーが最高と思ってるようで、あたしはオナペットみたいなもの」

「そんな、もったいない……」

「沙也夏が生まれてからは特に仕事が忙しくなったし、私も育児に専念していたから気にならなかったけど」

まあ、そうしたタイプもいるのかもしれない。どちらにしろ奈津子は欲求不満で、ごく普通のセックスに飢えているらしいことだけはわかった。

3

「ちゃんと全部脱いでみて……」

景夫は落ちついてそう言うと、自分もシャツからソックスまで脱ぎ去り、奈津子も同じように一糸まとわぬ全裸にしてから仰向けにさせた。

上からのしかかると、景夫は再び唇を重ねて長いこと舌をからめ、甘い吐息と唾液を心ゆくまで味わってから、唇と舌で柔肌を下降していった。

奈津子の肌は透けるほどに白く、どこもスベスベでムダ毛もなかった。

景夫は形のいいおヘソにまで舌を差し入れてクチュクチュ舐め回し、さらに腰から下へ、さっきは探険しなかった脚の方へと降りていった。

（そうか、女性の脚はこんなに滑らかで、柔らかいものだったのか……）

景夫は感激しながら、太腿から脛《すね》にかけて舌で移動していった。

やがて足首を摑んで持ち上げ、奈津子の足の裏に顔を押しつけた。

踵は、やはり他の肌の部分より硬く、裏側から指に鼻を埋めると、ほんのりと汗と脂に湿った匂いが感じられた。

そのまま舌を這わせ、爪先を口に含んだ。

吸い付きながら舌先を指の股にヌルッと潜り込ませると、

「あう！　ダ、ダメ……汚いわ……」

奈津子は嬌声を上げて、ビクッと足を引っ込めようとした。

景夫はそれにかまわず引き寄せ、全ての指の股を念入りにしゃぶってから、もう片方の足首を持ち上げた。

こちらも充分に匂いを嗅いでから、生え揃った爪を唾液にヌメらせ、一本一本丁寧に吸った。

その間も奈津子は身悶え、声を上げっぱなしだった。時には爪先で景夫の舌を、キユッと挾みつけるほどだった。感じるというより、くすぐったいのだろう。

景夫はようやく足から離れ、奈津子の熟れた果肉を目指して、弾力ある内腿の間に潜り込んでいった。

ワレメは、もう熱い愛液の大洪水だ。

はみ出してめくれた陰唇は、ヌメヌメと軟体動物のように蠢き、真下からは白く濁った粘液が膨らんで、今にもポタリと滴りそうになっていた。

股間全体には、また新たな熱気と湿り気が熟れた匂いを含んで籠もり、クリトリスも包皮を押し上げるようにツンと勃起してツヤツヤと色づいていた。

確かに、奈津子はまだ昇りつめていないのだ。

これだけ念入りに愛撫していれば、いかに控えめで気品ある女性でも、熟れた肉体の方が求めてしまうだろう。

景夫はジワジワと気を高めながら、まずは新たな蜜を舐めるため顔を埋め込んだ。

「アアッ……！」

ギュッと密着しただけで、奈津子は激しく顔をのけぞらせた。

濃厚なフェロモンが景夫を酔わせる。

景夫は恥毛に鼻をこすりつけて深呼吸しながら、濡れたワレメに舌を這い回らせた。

淡い酸味の熱い液体が、トロッと舌の表面全体にまとわりついてきた。

そのまま奥へ舌をヌルッと差し入れ、かき回すように動かした。

「ダメ、お願い、早く入れて……！」

奈津子が、別人のように声を上ずらせ、腰を浮かせて身悶えた。

景夫は、暴れて上下するワレメを執拗に追い、溢れる愛液をすすりながら腰を抱え込み、陰唇内部からクリトリスまでを舐め回した。

「ああーっ……は、早く……」

奈津子は狂ったように喘いでのけ反る。景夫もやっと顔を上げ、屹立したペニスを構えて、そのままのしかかって前進していった。

奈津子も悶えるのを止め、快感への期待に息を詰めて脚を開いた。

景夫は正常位で屈み込み、ペニスの先端を押し当てて股間を突き出した。しかし狙いが外れ、ペニスは濡れたワレメの表面をヌルッと滑っただけだ。

彼女が待ってる。早く入れなければならない。

景夫は焦り、的がまた外れた。

「ここよ、ゆっくり……」

やがて奈津子の腕が伸びてきて、しなやかな指先がペニスにそっと添えられた。

思っていたより膣口は下の方だった。

しかし今度は奈津子が導いてくれ、しかも彼女自らわずかに腰を浮かせて角度と位置を定めてくれた。

景夫は舌舐めずりしつつ、股間を突き出した。

張り詰めた亀頭が膣口を丸く押し広げたとたん、ヌルッと潜り込んだ。

「あう」

奈津子がビクッと乳房を波打たせて反応し、体を重ねた景夫に両手を回してきた。

亀頭が入ると、あとは力を入れなくても、ヌルヌルッとスムーズに吸い込まれていくようだった。

やがて根元まで深々と入り込み、景夫は奈津子の甘い匂いの首筋に顔を埋めた。

まだ動けない。少しでも動いたら、あまりの快感に昇天してしまいそうだった。

さっき口内発射していなかったら、挿入時の心地よい摩擦だけで射精してしまっただろう。

それほど、この初体験は最高の快感だった。

内部は燃えるように熱く、ヌルッとした愛液がまつわりつき、上下にキュッと締まる収縮と、内壁のヒダヒダなど、どれも景夫をメロメロにさせた。

お互いの恥毛がこすれ合い、さらに丘の奥にコリコリする恥骨の感触までわかった。

動かなくても、膣内は奈津子の息遣いに合わせるようにキュッキュッと締まり、柔襞が吸い付きながら蠢いた。

もちろん内部ばかりではない。胸の下でギュッと押しつぶれて弾む巨乳の感触や、密着した肌を通じて伝わる奈津子の興奮、甘く湿り気ある吐息など、どれも景夫を夢中にさせるのに充分だった。

いつまでも動かないわけにもいかない。

先に、奈津子の方が熱い喘ぎを洩らしながら、下から股間をズンズンと突き上げてきた。愛液と粘膜が摩擦されてクチュクチュと音を立て、溢れた分が景夫の陰嚢や内腿までもベットリとヌメらせはじめた。

やがて景夫も、ぎこちないながら小刻みに腰を前後に動かしはじめた。

「ああっ！　いいわ……」

少し動いただけで、奈津子が声を上げ、大きく反応してくれた。それが嬉しく、景夫は暴発をこらえながら次第に勢いをつけ、リズミカルに動けるようになってきた。

「アアーッ……！　もっと突いて、奥まで……！」

奈津子が喉の奥から声を絞り出し、生ぬるく甘ったるい匂いを立ち昇らせながら、景夫の背にキュッと爪さえ立ててきた。

「ま、まだ我慢して……もう少し……あうう、いきそう……！」

奈津子は何度かビクンと体を弓なりに反らせ、その時を待ちながら目を閉じていた。

景夫も、初体験ながら、そんな奈津子に喜んでもらいたくて、必死に我慢しながらピストン運動を続けた。気持ちいいが射精できない。これは拷問に近かった。

しかも奈津子の絶頂が迫るにつれ、膣内の収縮が激しくなって、景夫もいよいよ危うくなってきた。

何度か漏らしそうになって動きを止め、呼吸を整えてから再び動くのを繰り返していたが、やがて奈津子が激しく全身を脈打たせはじめた。

「イ、イク！　ああーっ……！」

奈津子は声を上げ、景夫を乗せたままブリッジするように反り返った。

景夫は、暴れ馬に乗っているように奈津子の身体にしがみつき、それでも律動を続けた。

奈津子はさらに乱れに乱れ、下から景夫の顔を両手で挾んで引き寄せ、唇を求めてきさえした。

「むぐ……」

景夫はピッタリと口づけされながら、彼女のすさまじいオルガスムスの勢いに圧倒されたおかげで絶頂を遅らせることができた。

それでもチュッと舌を吸われ、熱く甘い吐息を感じると、限界がやってきた。とうとう景夫も電撃のような快感に貫かれ、昇りつめてしまった。

二度目だというのに、大量の熱いザーメンがドクンドクンと噴出し、景夫も大きな快感を受けとめながら股間をぶつけるように動かし続けた。

「す、すごいわ……、あうーっ……！」

すると奈津子は口を離し、顔をのけぞらせてヒクヒクと痙攣した。

勢いあるザーメンの噴出が子宮の入口を直撃し、ダメ押しの快感を与えたのかもしれない。

景夫は射精の脈打ちに合わせて前後運動し、奈津子はその精気を貪欲に吸い取るように全身を跳ね上げ、波打たせた。

やがて景夫は最後の一滴をドクンと脈打たせると、動きを止めた。

少し遅れて、反り返っていた奈津子も硬直を解き、ぐんにゃりと力を抜いて手足を投げ出した。

あとは二人のせわしい呼吸のみが交錯し、景夫は重なったまま、奈津子の熱く甘い吐息を嗅ぎながら、うっとりと快感の余韻に浸った。

さっきの口内発射で飲んでもらったときも大感激だったが、やはりセックスで同時に絶頂に達し、一つになっているという充足感はまた違う最高の気分だった。

ようやく景夫はノロノロと身を起こし、ペニスをヌルッと引き抜いて体を離した。

まだ奈津子は、魂を吹き飛ばされたようにグッタリしたままだった。

景夫は枕元の棚にあったティッシュの箱を引き寄せ、手早くペニスを拭ってから奈津子のワレメを拭いた。

「う……」

奈津子がビクッと震えた。何だか、射精直後の亀頭のように、今の奈津子は全身が敏感になっているようだった。

ふと見ると、また濃く色づいた乳首に、ポツンと白い点が浮かんでいる。

景夫は甘えるように添い寝し、奈津子の巨乳に顔を埋めた。

身も心も酔わせる、甘ったるいミルク臭が鼻腔に広がった。

しかし彼が乳首にチュッと吸い付いた途端、リビングの方から子供の泣き声が聞こえてきた。

「あ……」

奈津子が我に返り、景夫を突き放すと、全裸のままベッドを下りて寝室を出ていってしまった。

仕方なく、取り残された景夫は奈津子の匂いの染み込んだ枕に顔を埋め、さらに脱ぎ捨てられたままのショーツを見つけると、裏返して嗅いだ。

純白のショーツの裏側も、特に目立ったシミもなく、抜けた恥毛一本もない清潔なものだったが、食い込みのシワがあり、奈津子の匂いが悩ましく籠もっていた。

すると二度の射精ですっかり満足していたはずのペニスが、ムクムクと鎌首をもたげてきた。

だが、赤ん坊に乳をやって、母性と家庭を思い出した若妻が、果たして三度目の絶頂を許してくれるだろうか。

景夫はさらに、放置したままの段ボール箱を再び開いた。

過去の奈津子の裸体。奈津子が仰向けになって両足を抱えたオシメスタイルのアップ写真があった。もちろん可憐な肛門も、襞の一本一本までクッキリと写っている。

(こ、ここに入れてみたい……)

景夫は、そう熱烈に思った。

第一、口内発射に膣内発射をしたのだから、残るはアナルセックスだ。それにここは、奈津子の肉体で、最後に残った処女の部分かもしれない。その証拠に、景夫が舐めたとき激しく恥じらい、拒んできたではないか。

童貞を失った初日に、三カ所に挿入できるなんて、これほどの幸運はないだろう。

思い込むと、もう無性に奈津子のお尻の穴のことしか考えられなくなってしまった。

足音が聞こえてきたので、慌ててその写真を脱ぎ捨てられたズボンのポケットに入れ、段ボール箱の蓋を閉めた。

子供はすぐに泣きやんだらしい。ミルクの時間ではなく、少しあやしただけでまた寝ついたようだった。

しかし、奈津子の表情からは、もう興奮は冷めていた。

「あ、あの、もう少しだけ……」

ショーツを拾おうとした奈津子に、景夫はすがるように言った。

「まあ！　まだ、できるの……？」

奈津子は驚いたようだ。コスプレと写真マニアとはいえ、あまりセックスしない亭主と比べれば、景夫はオナニー全盛期の十九歳だ。しかもセックスのよさをたった今覚えたばかりときている。

景夫は奈津子がショーツをはく前に腕を摑んで引き寄せ、ベッドに押し倒した。

まだ奈津子の肉体の隅々には、激しいオルガスムスがくすぶっていたのだろう。すぐ力を抜いて愛撫を受け入れてくれた。

前戯は省略だ。正常位でいきなり挿入するふりをして脚を抱え上げ、景夫は勃起した先端を彼女の肛門に押し当てて力を入れた。

「あ、ダメ……！」

奈津子は拒んだが、タイミングがよく、亀頭がズブッと潜り込んだ。

その瞬間、奈津子の両足が景夫の胸を蹴り、ペニスは外れて彼はベッドから転げ落ちてしまった。

「いててて……」

「変なことは、しちゃダメ！」

奈津子が、床に仰向けになっている景夫を跨いだ。そしてペニスを含んで消毒するように唾液をつけ、女上位で上から挿入してきた。

「ああっ……！」

唐突な快感に景夫は喘いだ。奈津子は完全に座り込み、屹立したペニスは根元まで没した。

景夫はそれでもよかった。今後とも、奈津子の欲求を解消する役目が与えられることだろう。景夫の方も徐々にいろいろなプレイを体験していけば良いと思った。

「あう！　いい気持ち……」

奈津子は巨乳を揺すりながら、悩ましげに肌をくねらせ、上下運動をはじめた。

未亡人売ります買います

——館淳一

館淳一
（たて・じゅんいち）

1943年北海道生まれ。日大芸術学部放送学科卒。芸能誌記者、別荘管理人、フリー編集者を経て1975年新感覚のSM作家としてデビュー、単行本はもちろん、中間小説誌、男性誌、新聞などで数多くの作品を発表している。ストーリーの面白さに官能描写のとけ込んだ独特の世界は数多くのファンに支持されている。『教授夫人の素顔』『誘惑』『失踪　催淫プログラム』（以上、二見文庫）、『姉の秘蜜』（竹書房ラブロマン文庫）、『淫夢』（徳間文庫）、『魅入られて』（双葉文庫）、『蜜と罰』（幻冬舎アウトロー文庫）他著書多数。

＊初掲載時のタイトル「相姦　女装肉人形」を改題

1

「おーい、芙佐子《ふさこ》ぉ。行ってくるぞ」

父親の修作《しゅうさく》は声がでかい。玄関から妻に呼びかけるのが二階で寝ている尚人《なおと》のところまでビンビンと響いて、昨夜遅くに帰宅した息子は眠りを破られてしまった。

（うー、頭痛い、気分悪い……）

尚人は枕に頭を埋める格好を保ちながら、再び眠ってしまおうと思っていた。

「はいはい」

台所にでもいたらしい義母の芙佐子が、夫を送りに出てきた。

「今日は棚田の高校まで行ってくるから少し遅くなる」

「気をつけて行ってらっしゃい」

少し沈黙があって、ククク と芙佐子が忍び笑う。

「ダメですよ、尚人さんが……」

玄関の真上の部屋にいる義理の息子のことを気にしている後妻を、たぶん父親は抱いて唇を吸ったり尻を撫でたりしたのだろう。もちろん芙佐子はそれをイヤがってはいない。

「あいつ、寝てるんだろ？」

「ええ、昨夜は遅かったようですから」

「じゃあ気にすることはない」

いくらか声をひそめた修作の声は、それでもちゃんと息子の耳に届いてしまう。

「パパさん、そんなことしてると遅れますよぅ……」

芙佐子がまたクスクス笑っている。

（まったく、いい年して朝からイチャついて……）

いやおうなしに階下の気配に聞き耳をたてさせられてしまった尚人は、キスの音が景気よく聞こえてきたので、いささか呆れてしまった。それは二、三分も続いた。

「パパさん、いい加減に……」

ちょっとたしなめる口調の芙佐子の声。

「うーん、仕事なんかほっぽりだして、お前と一緒にいたいもんだ」

しぶしぶという感じの修作が、思い出したように言った。

「そうそう、大魔王さんに頼まれてた手記、書き上げたからアップしておいてくれよ」

「読ませていただきました。あそこまで書いちゃうんですか？」

「あれぐらい、いいじゃないか。おまえも十行ぐらいは、何かつけ足しておけよ」

「えー、私もですか？」

芙佐子はさかんに恥じらっている風情だ。

「そうだよ、大魔王さんの指示だからね、逆らってはいかん」

「そうですか。じゃあ何か考えて書きます」

「頼むぞ。じゃ、行ってくる」

「行ってらっしゃい」

玄関の開閉する音。自家用車が遠ざかっていく。芙佐子は奥にひっこみ、やがて洗濯機の回る音が聞こえてきた。

（やれやれ、新婚そうそうだから仲がいいのは当然だけれど、ああイチャイチャされてはおれの居場所がない……）

尚人は再びトロトロと二日酔い特有の浅い眠りに落ちていった。夫婦の会話に何かひっかかるものを覚えながら……。

——尚人の父、修作は教材販売会社を経営している。毎日、県下のあちこちの学校を飛び回るのが仕事だ。

かつて高校の教諭だった彼は、自分は人を教えるより物を売るほうが性に合っていると気づき、退職して会社を興したのが十三年前。今では従業員十数人を抱える、県下でも一、二を争う規模にまでに成長させた。

転身したのは妻――尚人の実母――が急な病気で逝ってからのことで、息子がまだ小学生だった頃だ。以来、ずっと男やもめをとおして、男手ひとつで尚人を育ててきた。といっても、最初のうちは同居していた祖母、後は通いの親戚のおばさんが彼の面倒をみてくれたわけであるが。

修作は押し出しもきく体格、エネルギッシュな風貌、若い頃はそれこそ熱血教師役にぴったりの性格の持ち主であって、彼ならすぐに再婚すると誰もが思っていたらしいが、五十歳を目前とする今年まで、後添えを迎えようとはしなかった。

仕事も忙しかったし、多感な年ごろの尚人の反発を惧《おそ》れたということもあるだろうが、男ざかりの年代を女なしでいられるわけがない。その欲望はどうやら紅灯の巷で解消していたらしい。

なにせ教職員や小役人を飲ませ、遊ばせ、契約をとるのが仕事だから、夜遅くの帰宅は日常のこと。斗酒《としゅ》なおも辞せずという酒豪でもあり、金ばなれもよく、人の噂では地元ときわ市の盛り場では人気者だったらしい。そういう男が妻をもっていたら、かえって仕事がやりにくかっただろう。女性の関係はけっこう多彩で、それで再婚の必要も感じなかったのかもしれない。

その修作が、いきなり「再婚することにした」と息子に通告したのは今年の初め。尚人が一浪を経て東京の大学に進み、最初の冬休みに帰省していた時のこと。

「おまえが家にいる間はあまり感じたことはなかったのだが、やはり老後は茶飲み友達というか、そういう感じで女性が傍にいないと、おれも年寄りじみてしまっていかんと思ってなぁ、ははは」

かなり照れたように言い、禿げあがってきた額をつるりと撫でた父親だった。もちろん尚人がどうのこうの言う問題ではなく、息子が春休みで帰省するのに合わせてささやかな式を挙げ、芙佐子を家に迎えいれた。

というわけで夫婦はまだ結婚してひと月少々の新婚さんなのである。

最初、芙佐子と引き合わされた時、尚人は仰天した。

修作は「なに、秋田のほうで公務員してたひとの後家さんだ。すすめる人がいて知り合ったのだ」と説明していたから、まあ父親と同年代ぐらいの「おばさん」だろうと思っていたのだ。

ところが実際の芙佐子は四十歳にもなっておらず、尚人の目にはまだまだ瑞々しい、女性の魅力をたっぷり湛えた女性であった。

その瑞々しさは、子供を産んでいないせいなのだろう。和服の似合いそうな純日本的な顔立ちとおっとりした気性、それにきめの細かい雪白の餅肌、ふくふくとした豊満な肉体の持ち主である。

(うへ、これがぼくの新しいおふくろ?)

義母であるからには「おかあさん」と呼ぶべき対象ではあろうが、それをためらわせるほどの若々しさが漂っている。まあ、実際の母子であれば十八歳ぐらいの年齢で尚人を生んだ勘定になるわけだから、彼としても母と思うには難しいところだ。

結局、名前を呼ぶのも他人行儀すぎる気がして「ママさん」とは呼んでいるが、芙佐子のほうでも大学生の若者からそう呼ばれることにまだ慣れていない感じである。

式以来、初めて帰省した尚人を驚かせたのは、この夫婦がじゃれあうようにベタベタしていることだ。尚人が目の前にいる間は、一応、とり繕ってはいるのだが、先刻のように彼が少しでも離れていると思うと、すぐに抱擁したり接吻したりする。

一度は台所で料理をしている芙佐子の尻を撫でまわしているところに行き合わせて、三人とも気まずい思いをしたこともある。実際、芙佐子の臀部はタイトスカートなど穿いたときは実にむちむちと張り切って、尚人だってパンティラインのくっきりと浮き出たあたりを思わず撫でてみたくなる魅力をたっぷり湛えているのだが。

これでは寝室での夫婦の交歓はさぞ激しいだろうと、まだ童貞ではあるが知識だけはそれなりに有している尚人は、想像して妙な気になってしまう。

(しかしまあ、おやじもこれから年をとるばかりなんだから、妻をもつ楽しみを味わって悪いことはない……)

父親を羨ましく思いこそすれ、それ以外の感想は抱いたことのない息子ではあった。

2

「尚人さん?　まだお目覚めじゃない?」

ドアごしに声をかけられて、二度寝していた若者は目を覚ました。枕もとの時計は十一時近い時刻をさしている。

「あっ、えー、もうそろそろ起きます」

寝ぼけ声で答えると、義母がクスッと笑う気配がして、

「いいんですよ、ゆっくりやすんでいても。ただ、私、出かけますから」

かかりつけの歯科医で治療を予約してある。その医院は市の中心部にある。たぶん

デパートで買い物をしてくるから、帰宅は午後も遅い時間になりそうだという。

「朝ごはんは温めればいいようにしておきました」

「あ、すみません。ぼくのことは気にしないでください。適当にやりますんで」

「では、お留守番させて悪いけれど、お願いしますね」

そう声をかけて出かけていった。

(もう大丈夫かな……)

そろそろと起き上がると二日酔いもだいぶ収まったようで、なんとなく食欲さえ湧いてきた。二十歳の若者はまず浴室に行き、熱いシャワーを浴びて酒の毒素を洗い流すことにした。昨夜は高校時代の仲間数人と呑み会をやって、つい度が過ぎたのだ。

父親は酒豪ではあるが息子はそうではない。違うのは容貌体格性格、多くの面にわたる。性格は柔和、容貌はやや神経質そうな細面、体格は若い頃柔道で鳴らしていた修作が嘆くほど小柄で華奢、運動神経は限りなくゼロに近い。父親に一度ならず「おまえは女に生まれてきたほうがよかったな」などと言われて、いたく傷ついたものだ。

脱衣所で体を拭いながら鏡に映る姿を見ると、若者の体には大学生になっても中性的な雰囲気には変化はない。いや、高校時代は強制的に短髪だったのが、東京に出てからは長髪にして後ろで束ねるようにしているから、よほど今のほうが女性的だ。実際、細身のジーンズを穿いて街を歩いていると、若い娘と間違われて男から声をかけられたことが再三ある。だとしても彼は、同性にはまったく興味がない。

芙佐子はいないから素っ裸にタオルを腰に巻いただけの姿でダイニングキッチンにゆく。ハムエッグ、野菜サラダ、トーストの朝食が用意されていた。とりあえず熱いコーヒーを啜りながら、ぼんやりと窓から庭を眺めると、芝生の上の物干しに芙佐子のひらひらした下着――キャミソールとかパンティ、ブラジャーなどが風にひるがえっていて、それを見ると、この家に女性が住んでいるのだという華やいだ事実がひしひしと感じられる。

「ふぁあー……」

長い連休である。何もやることがない。大あくびをした尚人がふと目をやったところに、小型のノートパソコンが置かれていた。

そこは階段の下になって斜めに天井が下っている。これまでは雑然と家具が置かれていたのだが、芙佐子はそこをきれいに片づけて小さな机を置いた。壁ぎわの棚には料理の本や婦人雑誌などが置かれ、主婦の書斎のようなコーナーになっているらしい。

よく見るとノートパソコンからは通信ケーブルが伸びていた。これまではあまり気にも留めなかったのだが、ふいに朝の夫婦の会話で何かひっかかるものがあったことが思いだされた。

（そういや「大魔王」とか言ってたな……）

大魔王というのはあだ名にしても仰々しいが、インターネットで使うハンドルネームだろう。尚人はやらないがそれぐらいの知識はある。

（へえー、ママさんはネットをやっているのか）

にわかに興味が湧いてきた。しかも思い返してみれば、父親は手記を書いて、それを妻に「アップするように」と言っていた。芙佐子は「そこまで書いたのですか」とさかんに恥じらっていたではないか。そこで頭の中で閃《ひらめ》いたものがある。

（ひょっとして、おやじたちはネット夫婦なのか？）

インターネットは、これまでなら絶対に知り合えることなどなかっただろう男女が出逢う場になっている。そうやって結婚したカップルが「ネット夫婦」と呼ばれ、最近では珍しくもない。しかし自分の父親がそうだとなると息子としては驚いてしまう。

だが、修作はこれまで、どこでどうやって芙佐子を知ったのか、具体的に明らかにはしていないのだ。芙佐子がいた土地だって、ここからはかなり離れている。ふつうならそう簡単に知り合えるものではない。

（しかし、おやじ、ネットで出会い系なんかやるタイプには見えないがなぁ……）

修作の会社では学習用のパソコンが主力製品なのだ。パソコンぐらいはいじれて不思議はないのだが、ふだんの父親の、豪放磊落《ごうほうらいらく》な姿からは、出会い系サイトに出入りしているとはなかなか想像できない。

（ちょっと覗かせてもらうおうかな）

芙佐子は留守だ。父親がほんとにそんなことをやっているのかどうか、それを確かめるぐらいならいいだろうと思い、若者は義理の母の使っているノートパソコンの前に座り電源スイッチをいれてみた。その横に置かれたフロッピィディスクが、父親が書いたという手記が収まっているものに違いない。

液晶の画面が明るくなると、パソコンに収められているファイルのアイコンが表示された。家計簿ソフトと並んで、メールソフトやブラウザが表示された。

しかしそれ以上、例えばメールのファイルを開けて見るなどということは、芙佐子のプライバシーを覗いてしまうわけで、尚人もそこまで無分別ではなかった。

（親父のならいいのではないか）

父親の書いた手記が入っているらしいファイルを見つけた時、そう思った。タイトルは略語化されて《ＰＡＰＡＵＰ・ＴＸＴ》となっている。修作の口にした「アップする」という言葉は、ブログや掲示板で文章を公開するという意味だ。大勢の読者に読まれるためのものだから、それは手紙やメールにくらべてプライバシー性が低いような気がする。

好奇心に負けて、尚人はそのファイルを開いてみることにした。ワープロソフトが起動し、ファイルのタイトルが表示された。

《PAPAUP・TXT―0501未亡人オークションで得た淫ら妻》

いきなり目に飛び込んできたタイトルを見て、尚人は目を疑った。父親の文章ではなくどこかからダウンロードしたエロ小説なのかと思った。ともあれファイルをクリックすると、一連の文章がさあッと液晶画面に表示されていった。

《ESL会報・投稿告白用原稿『未亡人オークションで得た淫ら妻』――会員番号C1702白鯨（F県在住）》

間違いなく父親の書いたものだと、ハンドルネームと県名を見たとたんに尚人は確信した。ときわ市はF県の県庁所在地だ。そして、修作の愛読書はメルヴィルの『白鯨』だった。

（どういうことなんだ、これは……？）

他人の絶対的な秘密を覗こうとしているのだと自覚して、胸は早鐘を打つようで、喉はカラカラ。震える指先でスクロールキーを押して文章を送りながら、尚人はかなり長い文章に目を通していった——。

3

《大魔王さんより、「白鯨さんはとうとう理想の妻をゲットしたんだから、その経緯を書いてくれなきゃダメですよ」と、冷やかし半分に要請されていました。入会以来、いろいろお世話になっている会長の要請でもありますし、小生の今の幸せが会のおかげでもありますれば、自分の経験を語ることが恩返しにもなるのではないかと思いつつ、パソコンに向かうこととしました》

《小生は三十代半ばで妻を失ない、以来、男やもめを通してきました。ひとり息子のために新しい母親をと思わないこともなかったのですが、会社の経営に無我夢中だったことと、幸運にもセックスのお相手をしてくれる女性が何人かいたので、積極的に求めることのないまま、五十の声を目前にするところまで来てしまいました》

《ところが一年前ぐらいから、付き合っていた女性たちがバタバタと結婚したり実家に戻らなければならなくなったりで、ひとりもいなくなってしまいました。プロの女性のお世話になりっぱなしというのも寂しいもの。どうやって新たな相手を見つけようかと思い迷ってインターネットのサーチエンジンで『男女交際』の語で検索をかけたところ、偶然にＥＳＬのホームページが目に留まったのです。ページを覗いて驚嘆しました。広い範囲で多彩な相手と交際できる、組織的なシステムがあることを初めて知ったからです。もちろんさっそく入会しました。》

《おかげさまで、入会以来、ほぼひと月に一度は人妻オークションに参加させてもらい、また、フリーマーケットではすてきなパートナーとも何人となくめぐりあえて夢のように楽しい時間を持てました。まったくＥＳＬは「エンジョイ・セックスライフ」の名のとおり、パートナーにも恵まれない男性にとってはオアシスのようなところです。小生は充分に渇きを癒されてきました》

《しかし、オークションやフリーマーケットでゆきずりのパートナーと楽しむだけではやはり物足りません。小生は、余生を共に過ごしてくれる伴侶が欲しいという気持ちがつのるようになりました。しかし小生は、食べ物と同様、楽しむ回数が残り少なくなってゆく年代です。一回一回充実したセックスをエンジョイしたい。それなのにもし伴侶となった女性がセックスを楽しむ気がないのでは、なんとも味気ない余生でしょう。できるだけ小生とセックスの好みの一致した女性を得られなければ再婚する意味はありません》

《そんなおり、パーティでも顔を合わせ何回かメールのやりとりもあった会長、大魔王さんから「これぞ白鯨さんにぴったりのオークションだよ。ぜひ参加しなさい」というお言葉と共に、お知らせが届きました。それが皆様もご存知の、昨年末に行なわれた『未亡人オークション』だったわけです》
《ESLの楽しみ方は、オークションタイプとフリーマーケットタイプがあります。私はフリーマーケットでも何回か楽しませていただきましたが、オークションのほうがずっと楽しめるタイプです。人妻オークションの場合は提供者であるご主人も同席される場合が多く、その眼前で奥様を抱くというのは、なんとも筆舌に尽くし難い悦楽を覚えるのです。もちろん第三者として、抱かれて乱れる奥様たちを眺めるのも、このうえない興奮を覚えるので病みつきになります》
《そんな小生ですから、どのような形でのオークションでも好ましいものですが、大魔王さんの企画した「未亡人オークション」は、参加される未亡人は、みな真剣に伴侶を求めているというのです。おりしも生涯の伴侶をどうやって求めようかと考えていたところですから、この企画はまさに小生のために立てられたようなものではありませんか》
《大魔王さんによれば、会員の中でそういう希望の未亡人のかたが数人おられたので、オークション形式でやはり伴侶を求めている男性を集め、一種の集団見合いをやってみようと思われたそうです。まさにグッドアイデアとはこのことでしょう。打診したところ、密室派のお一人が断ってきたのを除いて皆さんがOKなさったということ。小生がさっそく申し込んだことは言うまでもありません》

《というのも、生涯の伴侶ですから、さっきも申し上げたように、何よりもセックスの好みが小生と似ていてほしいのです。小生の妻となったあかつきには、人妻オークションにも積極的に参加し、小生の味わう快楽を一緒に味わってほしいのです。このオークションに参加するということは、少なくともこちらの最低の希望条件を満たした方ということになります。オークションはクリスマスも近い十二月の二十一日と決まりました。小生は勇躍、会場である伊豆は下田に近い、＊＊＊温泉『＊＊荘』へと愛車を走らせました》

《大魔王さんが昵懇《じっこん》にしているという老舗の温泉旅館は、本館と離れた宴会専用の別館がありました。そこをESLが借り切り、オークション会場にしたのです。都合のよいことに、宿泊のできる内風呂のついた部屋が数室と家族風呂も付属しているのです。小生が到着した夕刻には、すでに未亡人の方々は全員いらして、個室のほうで準備をされていました。男性の参加者は大部屋に荷物を置き、ともあれ家族風呂のほうで入浴し浴衣に着替えております。小生も入浴して戻ると、すでに宴の準備は整っておりました。旅館のほうでも何度もＥＳＬが使っておりますから気をきかせて、酒食を出すと、もう呼ばれない限り誰もやってきません。見渡すと男性の参加者は私を含めて十一人、未亡人は五人でした。それに大魔王さん夫妻が世話役として参加されたので、全員で十八人の快楽の宴が乾杯と共に始まったのです》

《この未亡人オークションは、半年に一度の恒例行事になるようです。そうなると次回にはぜひ参加したいという方もおられるでしょう。そういった方のために参考になるかと思い、未亡人オークションの進行ぶりをご紹介しておきましょう》

《原則的には従来の人妻オークションと変わらないのですが、そちらは一夜限りの歓楽の相手を「買う」わけですが、こちらは双方が永続的なパートナーを得たいという希望があるので、よく互いを見極めるための段階が重要視されます。また、最終的な決定権は未亡人の側にあります。これが、落札された以上は必ず身を委ねなければならないという人妻オークションとの最大の違いです》

《とはいっても、そうなると最初からハネられてしまう男性が出てきてしまうので、それを回避し、双方が入念な下見（というか値踏みというか）ができるよう、第一段階では総当たりになります。つまり五人の未亡人は十一人の男性全員に唇で奉仕しま

す。その時に男性は女性の体を検分するわけです》
《それから入札が行なわれます。これは男性優先の順位づけで、第一志望から第三志望までの未亡人を選び、値をつけます。最低価格は五万円からです。上位落札者三人がその未亡人の伴侶候補になれます。つまり入札は候補になる権利を得るだけです。すべての未亡人は候補全員と肌を重ねて言葉を交わし、さらに相性を確かめます。すべての候補者を試した未亡人は、ひとりを決めるわけです。男性に異論がなければカップルの成立を宣言します。成立した組から個室に入って、その夜を明かします。以降は第三者は了解なしには介入できません》
《問題は、うまく男女がぴったり合わなかった場合です。その場合は大魔王さんが間に入って二位、三位の方と仕切り直しをするか、伴侶探しを断念するかを決めます。断念された未亡人の方は、一種の罰ゲームとして残された男性全員のオモチャにならなければいけません。第一回では二回戦の段階で五組のカップル成立が決定したので、罰ゲームはありませんでした。そのかわり六人の男性が余ってしまったわけで、あぶれ組（失礼）のお相手は大魔王さんの奥様がつとめられたそうで、そちらはそちらで、全員大満足だったと聞いております》

4

「うへー、うはー……」

ここまで読んで、尚人は液晶画面のモニターから目を離し、天井を見上げて深呼吸しなければいけなかった。

(おやじが未亡人オークションなんてものでママさんを見つけてきた……？　なんてことだ。信じられない)

当初は呆然としてしまった息子だ。

しかし落ち着いてくると、父の修作がそういう行動をとったことを、尚人はわかるような気がした。

手堅い収入の得られる教員を辞めて、海のものか山のものかわからない商売を始めたように、とんでもないと思われることに平然と首を突っ込んでゆく、野放図な性格が父親にはある。

(だけど、ママさんがそんな会に進んで出たなんて……)

明朗な性格ではあるけれど、外見は貞淑そのものに見える日本調美人である。その彼女が大勢の男たちと実際に肌を重ねたうえで一人の男を選ぶという、尚人の想像を絶するような肉の饗宴に参加した。そこで父親に見初められた。

まだ童貞の青年の頭がクラクラするのは無理もない。

「うわ」

そこで初めて気がついた。パンツも穿かない全裸で、腰にバスタオルを巻いただけの姿だったが、下腹部にとんでもない勃起が始まっていたのだ。タオルを持ち上げてみると、彼の分身がこれまで見たこともないほどギンギンに怒張し屹立して、赤銅色の亀頭先端からは透明な液が溢れるように滲み出ているではないか。

「むむむ……」

握りしめるとズキンズキンという脈動がすごい。しかも焼けるように熱い。すさまじいばかりの勃起現象だ。

「待て待て、これからがいいとこだ」

いきり立っているものをなだめて、彼はふと肌寒さを感じた。二階に下着を取りにゆくのも面倒だ。ふと見ると居間のソファの上にとりこんだばかりの洗濯物の山があるのに気がついた。畳む前に歯医者へ行く時間が来たので、芙佐子はそのままにしておいたのだろう。そこに自分の下着があるのかもしれない。

だが、ひっくり返してみると、それはだいたいが芙佐子の下着類であった。

(へえー、これがあの人のか)

眩しいものを見るような目で下着を見ていたが、どうせ義母は当分帰ってこない。

ふと思いついて一枚の下着を取り上げてみた。

淡いブルーのレースの飾りが胸元と裾まわりにいっぱい付いている短いスリップ。

(ちょっと着てみようか)

いかなる悪魔が囁いたのか、それまで女装など考えたこともなかった二十歳の青年は、おそるおそる全裸の上から薄いナイロンの布片で作られた下着を纏《まと》ってみた。

(うーん、すべすべして、こりゃ気分がいいや……)

肌触りがいい。それにレースの飾りの部分がなんとも愛らしく女らしい。つまり女らしさが物質の形をとって肌の上から自分を包んでいる。

(ちょっと、着ていよう)

問題は股間に屹立したものがスリップの前を持ち上げてしまうことだ。透明な液とはいえ、シミをつけてしまう。

(ということは、汚してもいいものを……)

彼は脱衣所にある洗濯機のところへ行ってみた。蓋を開けると、洗うための汚れた衣類がほおりこまれている。その中に予想したとおり、女ものの下着もあり、かき回してみると黒い布片が見つかった。

つまみあげてみる。

(うわ、色っぽいパンツ!)

あのしとやかそうな芙佐子が着けるとは思えない、全部が透けて見えそうな素材のYフロントTバックというショーツだ。

しなやかで弾力性がある素材だ。裏返してみたが、股布はほとんど汚れていない。鼻を押し付けてみるとツンと酸っぱいような匂いがするが、それもほのかなものだ。

(ということは、これを穿いたとたんに脱がされてしまったということかな)

つい、そんなことを考えてしまう。湯上がりにそれを着けてベッドに横たわった義母の姿を想像して、彼の股間はまたギンギンに怒張してしまった。

ともかくスリップを汚さない目的のためだけにそれを穿いてみた。驚くことに、彼の屹立をしなやかな布はすっぽりと優しく包みこんでしまったのだ。それだけ伸縮性に富んだ素材ということになる。

(うーむ、ぼくも女に生まれたかったぜ。こんなに気持ちいい下着を着られるなら)

そう思いながら、ひょいと洗面台の上の鏡に映った自分の姿を眺めてみた。それがひどく滑稽で醜悪なものだったら、尚人はすぐさまパンティを脱ぎ捨てて二度と試してみようなどとは思わなかっただろう。

(うひょ、けっこう似合うじゃないの)

ちょっとボーイッシュな女の子がはにかんだ笑みを浮かべてこっちを見ている。股間を突き上げている膨らみを除けば、誰もすぐに男だとはわからないだろう。体毛も髭も薄く色が白い華奢な体つきのおかげだ。

(なんかわくわくするなあ)

そう思いながらノートパソコンの前に戻り父親の書いた文章の、続きを読み始めた。

《さて、いよいよ宴が始まりました。広い座席の上座に五人の未亡人が並び、向かい合って小生たち十一人の男性が座りました。大魔王さんと奥様は、介添え役として左右に分かれて座ります。参加された未亡人のかたがたは皆、浴衣姿でしたが、それぞれに魅力的な姿かたち雰囲気の持ち主ばかりで、まずふつうのオークションでしたら目移りして困るという状態でしょう。もちろん三十代から四十代まで、熟女ざかりという年齢です。湯を浴びてからお化粧を施した肌は、男たちの視線を受けてほんのり上気しているようで、そのお色気がたまりません。この段階で小生たち男性陣もすっ

かり勃起してしまっていたはずです》
《この席では仮名ということでしたが、小生はひと目で「ひろみ」という名札を胸につけた未亡人に惹かれました。背は高からず低からず、肉付きはよいほうですが肥満ではありません。何よりも色白の餅肌というのが小生の好みにぴったりなのです。それに顔つきも、とびきりの美人というわけではありませんが、柔和な性格を物語っています。小生はいくら美人でも気の強そうなタイプの女性はダメなのです。もちろん他の四人の方も見比べてみましたが、やはり一番ピンと来るのはひろみだけでした。そこで今夜は彼女一人に的を絞ることにしました。彼女を獲得できなかったら、諦めることにしたのです。ですから自己紹介をする時からもう、目はひろみだけに向けて、気迫をこめていました》
《その気持ちが通じたのでしょうか、その後で一人一人にお酌をして回る時、ひろみは小生と積極的に会話を交わしてくれて、私の職業や住んでいる土地などをそれとなく確かめてくるのです。「これは、向こうも気があるな……」と思い、小生の気持ちはますます彼女一本で燃え上がりました。ところが、ひろみは楚々とした中にも親しみやすい感じがあるせいか、どうも他の男性方もターゲットにしておられるようで、周囲の気配を窺っているうちに小生は焦りを覚えるのを禁じえませんでした》

《こう書くとひろみ以外はあまり魅力的な未亡人ではなかったように思われるかもしれませんが、そんなことはありません。あくまでも小生の好みにぴったりだったということです。スリムな方もグラマーな方も古風な感じのかたも現代的でキリッとされた方もいらして、五人の未亡人それぞれ魅力的だったと思います》

《さて、歓談がすすむうち座も和んできたころを見はからって、司会役の大魔王さんが未亡人の方々に浴衣を脱ぐよう奨められました。それぞれ恥じらいながら取り去った浴衣の下は、思い思いの下着姿でした。やはり年齢相応に乳房のたるみが気になる方が多いのでしょうか、ブラジャーを外したくないのでしょう、洋装の下着、スリップとかを着けたかたが多く、ひろみも黒いスリップでした。でも踊りのお師匠さんをやっておられる方は腰巻一枚で、豊かでたるみのない乳房は男性諸氏の讃嘆の視線を浴びておりました。こうやって一気に妖しいお色気が満開になったところで、まず総当たりのフェラチオ戦に突入しました》

《大広間いっぱいに車座に座った十一人の男性の輪の中に五人の女性が入り、ほぼ一人おきに男性の前に座り、最初は抱擁と接吻のあと、フェラチオに入ります。男性は立つものもあれば仰臥《ぎょうが》するものもあり、さまざまでしたが、その間、下着の中に手をいれて心ゆくまで女体を検分することが許されます。照明を暗くした大広間はチュウチュウと吸う音、ぴちゃぴちゃと舐める音、心地よさそうな男性の呻き、敏感な部分をいたぶられる女性の喘ぎが交錯して、たちまち淫靡一色の世界となりました》

《ひろみはたまたま小生の左隣の男性に当たりました。時計回りに十一人全員をフェラするのですから、小生が一番最後になります。その間、小生以外の好みの男性に当たるやもしれません。黒いスリップ姿の彼女が他の男性の股間に顔を埋めて一所懸命奉仕している姿を眺めていると、たまらない気持ちに襲われ、他の未亡人にサービスされている間も気が気ではありませんでした。それなのにどういうわけか、小生を気にいってくれた方が二人おられまして、その一人は腰巻一枚になられた踊りの師匠さんで、この方のフェラチオは絶品で、百戦錬磨の小生も規定の十分間のうちに発射しそうになってしまい、かなり狼狽したものです》

《総当たりフェラチオ戦は十分ずつで、間に女性が口をゆすぐための短い休憩があります。男性は次の十分は空きますので、その間に大魔王さんの奥様におしぼりで拭い清めていただき、次の未亡人を待つわけです》

《ようやく最後のイニングになって、ひろみが小生のところにやってきました。小生は矢も楯もたまらず彼女を抱きよせ唇を吸い、黒いスリップの上から豊かな乳房のふくらみを揉みました。それまで十人の男性に揉まれたり吸われたりした乳首は驚くほどぷっくりと膨れていて、色も薔薇色を呈しております。舌を差し入れますとひろみも熱烈に舌をからめて歓迎してくれます。抱いた感触もぴったりで、小生はもはや彼女をどうしても獲得しないと生きている甲斐もないという思いに捉われました。ですから仰臥してフェラチオが始まりますと、指を彼女の濡れた粘膜にあてがいながら（彼女は最初からスリップの下にはパンティを着けていなかったのです）「私はあなた以外に欲しい人がいないので、あなただけに入札するから」と告げました。するうち彼女の舌で高まってきましたので、どうせ最後なのですからと思い「発射してもよろしいか」と訊きましたところ、くわえたまま軽く頷いてくれたので、文字どおり彼女への愛情をこめたエキスをその口の中へほとばしらせたのです。その瞬間、ひろみは強く吸ってくれたので、精液は小生の尿道を通常よりも早いスピードで走り抜け、そのせいでしょうか、小生は頭が真っ白になるような生まれて初めての強烈な快感を覚え、思わず大きな呻き声を洩らしてしまいました》

《小生は恥ずかしいことにしばらく呆けたようになっていました。気がつくとひろみに丁寧に拭われておりました。小生は精液を吐き出せるようにとティッシュペーパーを渡しておいたのですが、それは使ってませんでした。訊いてみると、小生の精液は一滴洩らさず飲みほしてくれたとのこと。小生は驚き歓び、感謝して彼女を抱きよせ、ディープキスを交わしたのです（あとで訊くと、この総当たりで彼女の口中に洩らしたのは小生だけだったとのことです。自分の奉仕で男性を絶頂に導くのは嬉しいものですから、それがよけいに強く印象に残ったようです）》

《女性陣はいったん個室に戻って乱れた髪や化粧を直します。その間に男性は入札用紙に第一候補から第三候補までを指名します。小生はひろみの名前だけを記しました。いよいよ入札が始まりました。大魔王さんと奥様の発案で奴隷市の雰囲気を出したいということで、未亡人は全員、後ろ手に緊縛されて登場しました。乳房の上下に縄をかけられてくびり出されるので、縄がブラジャーのかわりになります。それ以外は全員、パンティ一枚という格好でカラオケ用のステージの上に並ばされました。淫靡な雰囲気はいやが上にも盛り上がります。洩らしたばかりだというのに小生の愚息は早くも息を吹き返し、透明な液をにじませ始めたほどです》

《オークションは五万円からスタートします。前述したように、これは未亡人と合体して相性をより確かめあえる権利を確保するためのものです。落札しても安心できませんが、ここで失敗すれば万事休すです。三番めのひろみには強気で値をせりあげ、最初は五人いた競争相手が二十万円で三人に、二十五万円で二人に、三十五万円でとうとう小生だけになり、一番候補の権利を落札しました。これで小生は全力を使い果たした気になり、あとのセリには加わりませんでしたので、小生に気のあったらしい踊りのお師匠さんからは睨まれてしまったものです。ちなみに入札額は小生の三十五万円、二位の二十五万円、三位の二十万円です（最終的にはカップルが成立した相手の落札価格が支払われ、このうち一割がＥＳＬに開催費として収められます）。ひろみ以外では踊りの師匠さんが最高価格五十万円で一位落札、標準が二十五万円程度でした》

《いよいよ決定戦です。未亡人は自分を落札してくれた男性三人と肌を交わすことになります。大広間に適当な間隔を置いて五つの寝床がしつらえられ、その上で肉弾戦が繰り広げられます。これは制限時間が三十分。この段階で七時から始まった肉宴も十一時になっていました。これは途中休憩を挟みますので一組が一時間程度かかり、結局、未亡人たちが三人のお相手をすませたのは深夜二時すぎでした。小生はクジで最初にひろみと当たりました。後に続く二人を引き離しておかねばなりません。寝床に入りますと、離れたところで待機している競争相手の視線が突き刺さってきます》

《ひろみは黒いパンティ一枚で縛られたまま連れてこられました。小生はその縄をほどく前に（ＳＭ好みで最後まで縄を解かずにコトをすませた候補者もおられました）彼女を抱擁し接吻して、小生がいかに彼女に惹かれたか、自分の伴侶になってくれたらどういう生活を約束するかを説明しておいてから縄をほどき、パンティを脱がし、愛戯に入りました。小生も全裸になると、愚息がそそり立っているのを見たひろみは「さっき出してあげたばかりなのに」と驚き喜び、撫でさすってくれました。小生も彼女の股間に顔を埋めてリップサービスです。こっちも驚き喜んだことに、あそこはもうぐしょぐしょなのです。愛液が豊富な体質です。互いに口で高めあってから、コンドームを着けてもらって合体です。この時は五つの寝床すべてで肉弾戦が盛り上がってますから、競争相手の視線も気になりません。いや、その視線こそ小生にとっては精力剤なのです。闘志はいやがうえにも燃え上がり、まるで二十歳の若者にでもなったかのようにひろみを前から後ろから串刺しにして奮闘しました。少なくとも三回は彼女に絶頂を味わわせたと確信したところで小生も満を持してエキスを放ちました》

《すんだあと、「これだけ相性のいい人がいるなんて信じられない」とひろみが耳元で囁き返してくれました。彼女の亡くなった夫は公務員で堅物で、精力家ではあったものの自分本位のセックスをしたがり、クンニリングスは一度もなかったそうです》

《ひろみはあとのお二人とも肌を合わせました。その間、小生は家族風呂に入りました。戻ると彼女は三人目との交合の真っ最中で、その方もお年のわりにタフなかたで、明らかにひろみは責められながら数回、絶頂して最後は失神したようになりました。正直、小生は本命の座は危ういかと思いました。と同時にそれを見てほとんど射精しそうなまでに興奮したのも事実です》

《深夜二時すぎ、いよいよ落札結果の発表です。こちらが指名される立場なのですから落ち着きません。横一列に正座した浴衣姿の未亡人ひとりひとりが自分の気にいった男性を指名します。最初の男性の名が呼ばれると、羨望や嫉妬の入り混じった嘆声があがり、拍手に送られてカップルは個室へと去ってゆきます。二番目がひろみでした。小生はダメだったらどうしようかと、生きてる心地がしませんでした。「十番さん」と小生の番号を呼ばれた時は、飛び上がる思いでした。個室に入り二人きりになってから話すと、ひろみも最初から小生を「この人以外にない」と思っていたそうです。その夜は明け方近くまで抱き合い、今度はコンドームなしで彼女の子宮へ二度、精液を浴びせたのです……。わが生涯、最良の夜と言ってよいでしょう》

《小生とひろみ、双方になんの障害もありませんでしたので、息子に報告してから彼の休みになるのを待ち、ささやかな式を挙げて彼女を妻としました。オークションから一週間後のことです。以来、小生は人生でも最高の時を送っております。三月には人妻オークションに出品し三人の方のお相手をさせました。密室では淫らに変身し、第三者の視線の中で楽しむのも厭わない妻は、小生にとって二度と得ることのできない宝です。このような宝を与えてくださったＥＳＬという組織、主宰者である大魔王さんには、本当に感謝の言葉もありません……》

5

「あらあら、尚人さん」

背後からいきなり声をかけられて、尚人は飛び上がった。

「わ、わ、わ、ママさん……」

もっと遅くなるはずだった芙佐子が、いつの間にか帰ってきたのだ。尚人は青くなり赤くなり、気が遠くなりかけた。ただ口をパクパク開けるだけで声が出ない。

父親が義母を得るまでの経緯を書いた文章を盗み読みして、驚き呆れながらも激しく興奮した若者は、穿いていた芙佐子の黒いパンティを脱ぎおろし、怒張しきったものをしごきたてていた真っ最中だったのだから。

しかも裸の上にいたずら半分に纏っているのは彼女の空色のスリップ。言い訳できない現場を押さえられてしまった。

「ふふ、驚いたぁ。最初はどこの娘さんが入りこんでるのかと思ったけど、尚人さんだったとは……。でも、よく似合うじゃないの。お化粧すればどこに出しても恥ずかしくないニューハーフになれるわよ」

芙佐子は怒っていない。おもしろがっている。

「でも、私の留守に私に黙ってそういうことしてはいけないわね。それに、お父さまの秘密まで読んでしまうなんて……。これを知ったらどんなに怒るかしら」

「ごめんなさいッ」

もうできることは一つしかない。観念した尚人は床に土下座した。ここは出来心だと謝るしか脱出法はない。

「ママさんがあんまり魅力的なもので、つい下着に惹かれて……。もっといろんなことを知りたくて、それでパソコンを覗いてしまったのですッ」

泣きの涙で平身低頭の義理の息子を見下ろす芙佐子の頬に妖しい微笑が浮かんだ。

「そうねえ、私に憧れてという理由なら、わからないでもないし、あんまり怒れないかな……。じゃ、こうしましょう。これから私とセックスしたら許してあげる」

「えッ」

耳を疑っている義理の息子に、まだ四十歳にならない妖艶な継母は婉然《えんぜん》と笑ってみせた。

「パパさんは、いつもあなたのことを心配してるのよ。『あいつは女に興味を示さない。ゲイじゃないか』って。そうだったら跡継ぎができないことになるでしょう? それで私に『機会があったらあいつがゲイかどうか確かめてくれ』って頼んでるのよ。ちょうどいい機会。きみがゲイではなくて、りっぱな男の子だと証明してくれたら、すべて許してあげる」

つまり父親公認で義母の魅力的な肉体に童貞を捧げることができる——芙佐子が言ってるのはそういうことなのだ。彼自身はゲイのゲの気もないと自覚しているのだから、芙佐子から迫られても、応えられる自信は充分にある。

「わかりました。証明させてもらいます」

「じゃあ、そのままの恰好で来て」

尚人は、年上の女のあとについて寝室へと向かった。後ろから見れば見事なヒップで、それだけで一度は萎えた彼の欲望器官は黒い薄布の下でふくらみ始めた。

夫婦の寝室はもと和室だった。芙佐子を迎えるにあたって修作は徹底的な改築を施し洋室に模様換えしていた。尚人にとっては初めて入る部屋だ。

印象は「妖艶」の一語につきた。四囲の壁は黒でカーテンも黒、天井も黒。床に敷き詰めた絨毯は赤。

　その真ん中にダブルベッドが置かれていてベッドカバーを含む寝具は深紅色と黒の組み合わせだった。

「さあ、ここに座って」

　黒いカーテンをひいて外の光を完全に遮った芙佐子は、義理の息子を部屋の一画に置いた三面鏡付きの化粧机に向かわせ、スツールに腰掛けさせた。

「じっとしているのよ」

　義理の母親は十八歳年下の若者の顔に化粧を施し始めた。

「髭がないし色は白いしなめらかだし、私なんかよりもっとノリのいい肌ね」

　感嘆しながらファンデーションを塗り、アイシャドウを入れ、まゆ毛を描き、つけまつ毛をつけ、アイラインを描き、口紅をつけ、ほお紅を塗り……。

「うわー」

　鏡に映る自分がみるみる美少女に変貌してゆくのを、尚人はまるで夢でも見るかのように呆然として眺めていた。

「きみと初めて会ったとき、びっくりしたわ。私が高校時代に憧れていた女の先輩にそっくりだったから。その時からきみを女の子にしてみたい、って思ってたのよ」

髪にブラシをかけ、前髪をおろすようにして軽くブロウをかける。

「柔らかくていい毛ね。かつらを使う必要もないけど、ときどき女の子するんだったら、トップをもう少し長くしておいたほうがいいわよ。今度は私がカットしてあげる」

アドバイスする芙佐子の熱っぽい口調は、この儀式にも似た遊びが一度きりではあり得ないことを示唆していた。

顔を寄せ肌がくっつくようにして義理の息子のメイクに熱中している女の豊かな肉体からは、香料とミックスした体臭が立ち上って尚人の鼻腔を刺激した。その蠱惑《こわく》的な匂いは黒いナイロンに包まれた牡の器官をますます膨張させずにはおかない。

「さあ、できた。今度は下着ね……。黒い下着はお嬢さんには似合わないわよ」

尚人は衣装タンスの前に連れてゆかれた。

下着の入った引出しを義母が開けると、その中に詰めこまれた色とりどりの布片はまるで花畑のように見えた。女という性質そのものが、その空間の中に凝縮されているように思えた。

「最初はこれ、次にこれ」

芙佐子がとり出したのは淡いピンク色の、レースとフリルのついたガーターベルトで、尚人は写真の中でしか見たことのない下着だった。全裸にされてそれを腰に着けられると彼の股間で童貞の器官がふくらんで持ち上がり始めた。

「ふふ、元気ねえ……」

義理の母親の笑顔は慈母のようでもあり、魔女のようでもある。彼女が導こうとするのは善悪、どちらの世界なのだろうかと、されるがままになっている尚人は訝った。

肌色の腿までのストッキングを履かせられると、彼のもともとすんなりとした脚線は、とても男性のものとは思えなくなった。その上端がガーターベルトの留め金でピンと吊り上げられる。不思議な下着の不思議な感触。

「ショーツはこれにしようか」

やはり淡いピンク色の、全体にたっぷりレースを使った下着を穿かされた。さっきまで穿いていた黒いパンティとほぼ同じ、Yフロントにフルバックという、お尻のふくらみをすっぽり包むデザインだ。伸縮性に富んでいるそれは、勃起している熱い器官を難なく包みこんで下半身に心地よい緊迫感を与えてくれた。

化粧机の鏡をふり返って見ると、彼のまるい臀部がぴっちりと半透明のピンク色の布に覆われていて、それが自分の肉体だと信じられないほどだ。実際、まるで若い娘の臀部を見た時のような視覚的快楽にうっとりしてしまう。彼の押しつけられた昂ぶりがピンと張り詰めたポリエステルの光沢のある薄布を押し返そうとする。その肉と布の甘美なせめぎ合いが彼の口から熱い吐息を洩らさせた。

「やっぱり女の子になるためには、これが必要よね」

考えこむようにしながら、白いブラジャーを取り上げた芙佐子だ。

「きみは男の子だから、ちょっときついかもしれないけど……」

ブラジャーを着けることもまた、ガーターベルト同様に不思議な感触と昂奮を彼にもたらした。華奢な体のようでいて尚人の胸囲はふっくらして見える芙佐子のそれよりも大きいらしい。彼女は若者の背中に回って力を入れてホックの部分を引っ張り、ようやくという感じで留めた。

「きみ用のブラを買わないとダメね。でも、今日はこれでがまんして」

パンストを一足ずつ丸めて、フルカップのブラの内側に詰め込むと、尚人の胸は形よく盛り上がった。

「最後はこれ」

白いミニスリップを着せられた。胸回りと裾回りに繊細なレースがいっぱい使われていて、特にストッキングを着けた腿のところに触れるナイロンとレースの感触が何とも言えない昂奮をもたらす。

（女って、下着を着けるたびにこういう気持よさを味わっているのか……）

女に生まれればよかったのにという羨望さえ覚えたことだ。

「はい、完成」

ランジェリー女装させた義理の息子を、塑像《そぞう》彫刻家のような目で点検する芙佐子の目は、猫のようにキラキラと輝いていた。

「すごいわ。女性だけど女性じゃない、男性だけど男性でもない――そういう存在を前から求めてたのよ。ＥＳＬにも女装者はいて、何度か楽しんだことはあるんだけど、きみのように若くてういういしくて可愛い子はいなかった。きみは理想的よ、尚人くん。うーん女の子なんだから尚子だね。さあ、尚子、お母さんの服を脱がせて」

6

夢見心地で尚人は義母のワンピースを脱がせた。うやうやしい侍女のようにキャミソールとペチコートを脱がせた。彼女の下着は黒真珠を思わせる灰色だった。素材は絹だ。

芙佐子はベッドの縁に腰を下し、少しブラウンの強いパンティストッキングに包まれた脚を水平に持ち上げ、赤い絨毯の上に跪いた尚人にそれを脱がせた。

「ああ」

目の前に、パールグレーの高級なシルクに包まれた熟女の白いむちむちした肉があった。何とも言えない芳香が彼を酔わせる。

「上から脱がせるのよ」

両手で後ろにそらせた体を支え、ハーフカップのブラに支えられた白い胸の丘を突きだして見せる芙佐子。おそるおそる彼女の背後に手を回した尚人は、ホックを外すのに手間取った。難しい構造ではないのだが、指先が震えていたからだ。

ブラが落ちると白い眩しいような双丘がぶるんと揺れながら姿を現した。透明感のある肌の下に青い静脈が透けて見える乳房だ。乳暈は大きめで乳首はバラ色とセピア色の混合色。

これだけ豊かな肉塊のわりには垂れ下がりかたが軽微なのは、やはり出産経験がないからだろうか。

「吸って」

女の子の髪にされた頭をぐいと押さえられて、尚人は義母の乳房に顔を押しつけられた。無意識に口を開けて、乳飲み子のように乳首に吸い付いていた。

「あー……はあっ」

吐息とも呻きともつかぬ声を洩らし、芙佐子はベッドカバーの上に白い裸身を仰臥させせた。白いスリップを纏った尚人は覆いかぶさる姿勢になる。熟女の手が下からスリップの裾の内側に伸びて、レースとポリエステルの下着に包まれた牡のふくらみに触れた。輪郭を確かめるように薄布ごしに揉み、摑んだ。

尿道口からたちまち透明な液がにじみ出てしみを作った。

「ああ、固い。熱くてズキズキいってる。いいわぁ、若くて。ペニスを持った私の娘……。なんてすてきなの」

ふいに乳房から若者を引き離し、自分の手で口紅を塗りこめた唇に自分のを押しつけてきた。舌が滑りこんでくる。

気がついた時は抱きあった体勢が逆転していた。彼のほうが下になり、芙佐子が覆いかぶさってきている。甘い唾液が口腔に流しこまれ、それはかつて飲んだどんな飲料よりも美味な気がした。

「……」

彼女が尚人の股間をまさぐる手を離した。少し身じろぎしたかと思うと、すばやく義理の息子の上で体の向きを変えた。

パンティを脱ぎ捨てて今や何も隠すものがない女の秘密の部分が、尚人の頭の上にあった。黒い艶やかな秘毛に囲まれた、もう一つの女の唇。それは淫らな笑みを浮かべて彼のキスを待つようだった。ためらうことなく尚人は義母の秘唇に唇を押しつけていた。

「ああ」

若者の舌で舐められると芙佐子はハッキリと呻き声を洩らし、下半身を強く尚人の顔面に押しつけ、くねらせた。食欲をそそるチーズの匂いに驚きながら、誰にも教えられたわけではないのに、童貞の若者は初めて見、触れ、匂いを嗅いだばかりの女の性愛器官に唇と舌の奉仕を行ないだした。

「そうよ、そう……。ああ、そこを……」

芙佐子は口で誘導しながら、尚人の下腹を覆っていたレースの多い下着を引きおろした。ばね仕掛けのように飛びだし、震える、極限まで怒張した若者の欲望器官。ういういしいピンク色を呈した亀頭は透明な液でまぶされて濡れきらめいている。

「あう」

今度は若者が悲鳴に似た声をあげる番だった。舌で舐められ、口でぱっくりとくわえこまれ、ちゅばちゅばとしゃぶりたてられるとたちまち何もわからなくなる。

（これがフェラチオか……）

こんな気持ちよいことがこの世にあるのだろうかと、理性を麻痺させた若者は思った。

「飲んであげる」

しばらくして芙佐子は言い、その時はもう義母の秘唇に接吻するどころではない尚人は、

「いく」

叫びながらドクドクと牡の白濁液を義母の口腔へ噴射させていた。

「さすがに、濃い……」

一滴余さず吸い出すようにして継子の精液を飲みほしてやった熟女は、今度は自分の膣口から溢れる、ミルクを薄めたような愛液を彼に舐めさせ啜らせた。

再び義母は息子の欲望器官を手で刺激し、口で刺激し、尚人は彼女のアヌスまで情熱的なキスを浴びせた。

短い時間で精気をとりもどした若者は、パンティだけを脱いだ下着姿で、全裸の義母の豊満な裸身に覆いかぶさっていった。硬い肉が柔らかい肉に突き立てられ、根元まで串刺しにした。

（今朝のおやじの言葉で、パソコンのファイルを覗いてしまった。これって全部、おやじとママさんが仕組んだ罠じゃないのか）

尚人の脳裏にふと疑惑が湧いたけれど、怒張した若い肉器官が熱い液で濡れた襞肉に包みこまれ締めつけられると、たちまちそんな考えはけし飛んでしまった。

化粧机の鏡は、熟女の裸身に覆いかぶさった若い娘が、まる出しの白いお尻を動かしている姿を映し出している。それはどう見てもレズビアンの行為としか思えない光景だ。

二見文庫

人妻《ひとづま》たち

著者　雨宮《あまみや》 慶《けい》／藍川《あいかわ》 京《きょう》／安達《あだち》 瑶《よう》
氷室《ひむろ》 洸《こう》／睦月影郎《むつきかげろう》／館《たて》 淳一《じゅんいち》

発行所　株式会社 二見書房
東京都千代田区神田三崎町2-18-11
電話 03(3515)2311［営業］
03(3515)2314［編集］
振替 00170-4-2639

印刷　株式会社 堀内印刷所
製本　株式会社 村上製本所

落丁・乱丁本はお取り替えいたします。
定価は、カバーに表示してあります。

ISBN978-4-576-08166-3
https://www.futami.co.jp/